共和国故事

永远丰碑

——爱国主义教育示范基地名单公布

陈秀伶　编写

吉林出版集团股份有限公司

图书在版编目（CIP）数据

永远丰碑：爱国主义教育示范基地名单公布/陈秀伶编. —长春：吉林出版集团股份有限公司，2009.12

（共和国故事）

ISBN 978-7-5463-1840-0

Ⅰ. ①永… Ⅱ. ①陈… Ⅲ. ①纪实文学－中国－当代 Ⅳ. ①I25

中国版本图书馆 CIP 数据核字（2009）第 233765 号

永远丰碑——爱国主义教育示范基地名单公布

YONGYUAN FENGBEI　AIGUO ZHUYI JIAOYU SHIFAN JIDI MINGDAN GONGBU

编写　陈秀伶

责任编辑　祖航　宋巧玲

出版发行　吉林出版集团股份有限公司

印刷　三河市嵩川印刷有限公司

版次　2010 年 1 月第 1 版　2022 年 1 月第 9 次印刷

开本　710mm × 1000mm　1/16　印张　8　字数　69 千

书号　ISBN 978-7-5463-1840-0　定价　29.80 元

社址　吉林省长春市福祉大路 5788 号

电话　0431－81629968

电子邮箱　tuzi8818@126.com

前　言

自 1949 年 10 月 1 日中华人民共和国成立至今，新中国已走过了 60 年的风雨历程。历史是一面镜子，我们可以从多视角、多侧面对其进行解读。然而有一点是可以肯定的，那就是，半个多世纪以来，在中国共产党的领导下，中国的政治、经济、军事、外交、文化、教育、科技、社会、民生等领域，都发生了深刻的变化，中国人民站起来了，中华民族已屹立于世界民族之林。

60 年是短暂的，但这 60 年带给中国的却是极不平凡的。60 年的神州大地经历了沧桑巨变。从开国大典到 60 年国庆盛典，从经济战线上的三大战役到经济总量居世界第三位，从对农业、手工业、资本主义工商业的三大改造到社会主义市场经济体制的基本确立，从宜将剩勇追穷寇到建立了强大的国防军，从废除一切不平等条约到独立自主的和平外交政策，从“双百”方针到体制改革后的文化事业欣欣向荣，从扫除文盲到实施科教兴国战略建设新型国家，从翻身解放到实现小康社会，凡此种种，中国人民在每个领域无不留下发展的足迹，写就不朽的诗篇。

60 年的时间在历史的长河中可谓沧海一粟。其间究竟发生了些什么，怎样发生的，过程怎样，结果如何，却非人人都清楚知道的。对此，亲身经历者或可鲜活如昨，但对后来者来说却可能只是一个概念，对某段历史的记忆影像或不存在，或是模糊的。基于此，为了让年轻人，特别是青少年永远铭记共和国这段不朽的历史，我们推出了这套《共和国故事》。

《共和国故事》虽为故事，但却与戏说无关，我们不过是想借助通俗、富于感染力的文字记录这段历史。在丛书的谋篇布局上，我们尽量选取各个时代具有代表性或深具普遍意义的若干事件加以叙述，使其能反映共和国发展的全景和脉络。为了使题目的设置不至于因大而空，我们着眼于每一重大历史事件的缘起、过程、结局、时间、地点、人物等，抓住点滴和些许小事，力求通透。

历史是复杂的，事态的发展因素也是多方面的。由于叙述者的视角、文化构成不同，对事件的认知或有不足，但这不会影响我们对整个历史事件的判断和思考，至于它能否清晰地表达出我们编辑这套书的本意，那只能交给读者去评判了。

这套丛书可谓是一部书写红色记忆的读物，它对于了解共和国的历史、中国共产党的英明领导和中国人民的伟大实践都是不可或缺的。同时，这套丛书又是一套普及性读物，既针对重点阅读人群，也适宜在全民中推广。相信它必将在我国开展的全民阅读活动中发挥大的作用，成为装备中小学图书馆、农家书屋、社区书屋、机关及企事业单位职工图书室、连队图书室等的重点选择对象。

编　者

2010 年 1 月

目录

一、公布第一批

二、公布第二批

三、公布第三批

目录

一、 公布第一批

●中宣部负责人指出："加强爱国主义教育基地建设，就是从示范基地抓起……使基地在爱国主义教育中发挥更大的作用。"

●张健同学说："虽然站岗很辛苦，但是我们用自己坚强的意志挺了过来。在以后的生活中，我也明白了：只要有毅力，没有什么困难克服不了！"

●周恩来说："敦煌莫高窟是我国古代劳动人民宝贵的文化艺术遗产……现在我们一定要保护好它，否则，我们这些人不能向后世交代。"

中宣部公布首批爱国主义教育基地名单

1997年6月，为了贯彻《爱国主义教育实施纲要》，中宣部公布了首批百个爱国主义教育示范基地，让更多的人了解中国革命的光辉历程和灿烂的文化。

这些教育示范基地是：

北京市：

1. 天安门广场 2. 中国历史博物馆 3. 中国革命博物馆 4. 中国人民革命军事博物馆 5. 中国人民抗日战争纪念馆 6. 故宫博物院 7. 圆明园遗址公园 8. 八达岭长城 9. 周口店遗址博物馆

天津市：

天津盘山烈士陵园

河北省：

1. 乐亭李大钊纪念馆 2. 涉县一二九师司令部旧址 3. 白求恩、柯棣华纪念馆 4. 清苑冉庄地道战遗址 5. 西柏坡中共中央旧址 6. 董存瑞烈士陵园

山西省：

1. 八路军太行纪念馆，即八路军总部旧址

2．“百团大战”纪念馆（碑） 3．刘胡兰纪念馆

内蒙古自治区：

乌兰夫纪念馆

辽宁省：

1．沈阳“九一八”事变博物馆 2．旅顺万忠墓纪念馆 3．辽沈战役纪念馆 4．抗美援朝纪念馆 5．抚顺雷锋纪念馆

吉林省：

杨靖宇烈士陵园

黑龙江省：

1．东北烈士纪念馆 2．侵华日军七三一细菌部队罪证陈列馆 3．铁人王进喜纪念馆 4．瑷珲历史陈列馆

上海市：

1．中国共产党第一次全国代表大会会址纪念馆 2．上海龙华烈士陵园 3．宋庆龄陵园 4．上海博物馆

江苏省：

1．中山陵 2．周恩来纪念馆（故居） 3．新四军纪念馆 4．侵华日军南京大屠杀遇难同胞纪念馆 5．雨花台烈士陵园 6．淮海战役烈士纪念塔（馆） 7．《南京条约》史料陈列馆，即中英《南京条约》签约旧址

浙江省：

1. 南湖革命纪念馆　2. 鲁迅故居及纪念馆　3. 镇海口海防遗址　4. 禹陵　5. 河姆渡遗址博物馆

安徽省：

陶行知纪念馆

福建省：

1. 古田会议纪念馆　2. 陈嘉庚生平事迹陈列馆　3. 林则徐纪念馆　4. 郑成功纪念馆　5. 泉州海外交通史博物馆

江西省：

1. 安源路矿工人运动纪念馆　2. 南昌“八一”起义纪念馆　3. 井冈山革命纪念地（博物馆、烈士陵园、黄洋界、八角楼、会师广场、龙江书院、毛泽东旧居等）　4. 瑞金中央革命根据地纪念馆

山东省：

1. 孔繁森纪念馆　2. 台儿庄大战纪念馆　3. 中日甲午战争博物馆　4. 孔子故居

河南省：

1. 林州红旗渠纪念馆　2. 兰考焦裕禄烈士陵园　3. 安阳殷墟博物苑

湖北省：

1. 武汉“二七”纪念馆　2. 武昌中央农

民运动讲习所旧址纪念馆　3. 红安黄麻起义和鄂豫皖苏区革命烈士陵园　4. 辛亥革命武昌起义纪念馆　5. 李时珍纪念馆

湖南省：

1. 韶山毛泽东纪念馆（故居）　2. 刘少奇纪念馆　3. 炎帝陵

广东省：

1. 孙中山故居纪念馆　2. 广州起义烈士陵园　3. 鸦片战争博物馆（虎门炮台）　4. 三元里人民抗英斗争纪念馆

广西壮族自治区：

1. 中国工农红军第七军军部旧址　2. 红军长征突破湘江烈士纪念碑园

海南省：

中国工农红军琼崖纵队改编旧址

四川省：

1. 邓小平故居　2. 朱德故居暨朱德铜像纪念园　3. 赵一曼纪念馆　4. 黄继光纪念馆　5. 都江堰水利工程

重庆市：

1. 重庆歌乐山革命烈士陵园　2. 重庆红岩革命纪念馆　3. 邱少云烈士纪念馆

云南省：

“一二·一”四烈士墓及“一二·一”纪

念馆

贵州省：

遵义会议纪念馆

西藏自治区：

1. 山南烈士陵园 2. 江孜抗英遗址

陕西省：

1. 延安革命纪念地（纪念馆、枣园、王家坪、杨家岭、凤凰山、清凉山、四·八烈士陵园等） 2. 西安事变纪念馆 3. 八路军西安办事处纪念馆 4. 陕西历史博物馆 5. 秦始皇兵马俑博物馆 6. 黄帝陵 7. 半坡遗址博物馆

宁夏回族自治区：

宁夏博物馆

甘肃省：

1. 会宁红军会师楼 2. 敦煌莫高窟 3. 嘉峪关

青海省：

中国工农红军西路军纪念馆

新疆维吾尔自治区：

乌鲁木齐烈士陵园

首批示范基地公布后，受到了各地党委、政府和有关部门的高度重视。很多地方的党政领导把基地建设列

入重要议事日程，积极帮助基地解决建设、管理和使用方面的问题。河北、天津、重庆、广东、甘肃等地，也制定了具体办法，对基地的设施建设、管理机制、经费保障作了明确规定。许多基地在注意硬件建设的同时，采取有效措施狠抓队伍管理，加强对讲解员的培训，使基地工作人员素质有了明显提高。

爱国主义教育基地向公众全面开放，为更多的人打开了一扇了解历史的窗口，对进一步增强人民的爱国热忱起到了积极的作用。

中宣部阐明确立基地原则

中宣部向全国公布了首批百个爱国主义教育示范基地名单后，受到了社会各界的关注。

对此，中宣部负责人曾表示说：

> 党的十四届六中全会“决议”提出，要加强爱国主义教育基地建设，确定一批重点基地。
>
> 在全国各地迎接香港回归，广泛开展爱国主义教育活动之际，中宣部确定并公布了百个爱国主义教育示范基地名单，这是贯彻落实六中全会精神，推动爱国主义教育的一项重要措施。

中宣部负责人还指出：

> 加强爱国主义教育基地建设，就是从示范基地抓起，通过抓好示范基地，树立一批样板，发挥这些基地的示范作用，影响和带动其他各类基地，使基地在爱国主义教育中发挥更大的作用。

首批推荐和确定百个示范基地，用了一年多时间。

对此，中宣部负责人说，他们从 1996 年上半年开始就着手准备。1996 年 5 月，请各地推荐备选的爱国主义教育示范基地。

各地按照要求，慎重推荐，陆续上报了 140 多个备选基地名单和有关材料。

1997 年 5 月，中宣部在对各地上报的材料进行综合分析、研究的基础上，多次听取国家教委、民政部、团中央、国家文物局等有关方面的意见，对各地推荐的名单进行认真筛选，提出了初步方案。

在这之后，中宣部又专门征求中央统战部、国家民委等有关部门的意见，再次对名单作了调整和补充，从而形成了现在的百个示范基地的名单。

首批公布的百个示范基地确定的标准总体来说，是历史上有名、现在有物、工作有成效。

中宣部负责人指出，示范基地的条件是“五有”：

> 1. 有富有教育意义的展出内容。2. 有详细生动的讲解材料。3. 有素质较好的讲解员队伍。4. 有形式多样的教育活动。5. 有较为完备的教育设施。

示范基地的确定原则是：

1. 在全国有较大的政治、文化影响；2. 基础工作扎实，达到“五有”标准，确实能起示范作用；3. 能够比较全面地反映重要历史事件和革命领袖、著名爱国人物的活动；4. 反映同一历史人物、事件的纪念设施，一般只确定一处；5. 首批示范基地的选择范围是博物馆、纪念馆、烈士陵园、历史遗址遗迹，暂不考虑风景名胜地和反映现代化建设成就的工程；6. 每个省（区、市）都要有示范基地，但在数量上不搞平衡。

爱国主义教育示范基地的开放，就是为社会各界，尤其是中小学校开展爱国主义教育，让青少年了解祖国的历史，并激发他们的爱国热情。

少先队员为纪念碑站岗

2009 年 5 月 1 日 9 时，在天安门广场人民英雄纪念碑前，早已是人山人海。

在数千名游客的注视下，北京三中初一年级的郑紫薇、权可可、赵明健、赵萌萌四名同学，沉稳地踏上了人民英雄纪念碑的台阶，将手中的花篮郑重地放到了纪念碑前。

当天，北京市西城区少年先锋岗活动正式启动。北京三中作为首所参与的学校，参加了这项非常有意义的活动。

权可可同学说："我这些日子一直在练习，能最后一次以少先队员的身份为人民英雄纪念碑站岗，心情异常激动。"

参加为人民英雄纪念碑站岗的队员都有统一的服装和动作规范要求。队员站岗的时间为每天的 9 时至 10 时。

青少年在人民英雄纪念碑前站岗，是由北京团市委、天安门管委、市少工委在 1986 年共同发起的一项活动。

此项活动，被视为爱国主义教育的重要形式而实行，直至 2003 年因"非典"中断。

2009 年的 4 月 17 日，北京东直门中学的祖皓喆同学，接受了步入该中学以来的第一个光荣而艰巨的任务，即少年先锋岗的站岗。

这让祖皓喆有机会站在人民英雄纪念碑前，守护着那些为共和国的建立而付出鲜血和生命的英灵们。

祖皓喆说，从初一各班开始挑选站岗人员时，他就幸运地成了其中的一员。

从那以后，祖皓喆和入选的同学们一起，从每日早晨7时起，就到操场上进行排练。

在老师的认真训练下，同学们渐渐地熟悉了队形，也熟悉了换岗的程序。而同学们经过两周的磨合，也产生了一定的默契，大家都配合得很好。

4月17日7时许，祖皓喆就来到了学校。12个同学在校团委陈老师和石老师的带领下，乘坐地铁，顺利地来到了天安门广场。

只见巍峨的天安门广场在晨曦下显得更加地雄伟壮丽。广场上五星红旗迎风招展，中国国家博物馆和人民大会堂分列在广场东西两侧，南边的毛主席纪念堂庄严肃穆。

高大的人民英雄纪念碑耸立在广场中央，正面毛泽东亲手题写的“人民英雄永垂不朽”8个大字，在阳光下闪闪发光，背面是周恩来写的百字碑文。

汉白玉围栏四面围护，纪念碑底座四面雕刻着中国人民从鸦片战争、太平天国起义到五四运动、辛亥革命、北伐战争、土地战争、抗日战争，到百万雄师过大江的解放战争的各个历史时期，英雄们前仆后继，英勇斗争事迹的浮雕。

石老师指挥着参加站岗的同学们3人一组，每次两组6人，每组的中间男生手持少先队队旗，两边各有一位女生护旗。

同学们身穿干净整齐的校服，脖子上系着鲜艳的红领巾，手上戴着雪白的手套。每组站岗15分钟。

15分钟转眼间就过去了。在这短暂的时间里，等待上岗的祖皓喆反复回忆训练时老师强调的动作要点。

当轮到祖皓喆他们组站岗的时候，祖皓喆发挥得很好。他带领两位护旗手，顺利地接替了前一组。

走上台阶，接过旗帜，祖皓喆的手开始抖动。但是，当祖皓喆想到，自己是以一个北京市东直门中学少年先锋的形象面对全国的，甚至是面对来自世界各地的人民时，他握紧双手，竭力地稳定自己的心神。

祖皓喆想到身后高大的人民英雄纪念碑，这是多少人梦想但却难以触及的历史的见证。而此刻，纪念碑正紧靠着自己，陪伴着自己，他便不再紧张害怕。

祖皓喆昂首挺胸，心中只想着出色地完成任务，决不能辜负肩上担负的光荣使命。

第一天的站岗任务，在同学们的共同努力下顺利结束。

第二天，也就是4月18日，祖皓喆和同学们穿着整洁干净的校服，佩戴着红领巾和校徽，每人还戴了一副白色手套。

远远地望去，同学们笔直地站成一排，成为天安门广场上的一道亮丽的风景线，也成为众多游人拍照片的背景。

此时，祖皓喆觉得自己不仅代表着自己所在的班级，而且还代表着东直门中学，甚至还代表着首都的中学生少先队员。这让祖皓喆认识到参加站岗的重要意义。

这时，该祖皓喆他们这组同学上岗了。只见同学们迈着统一的步伐，一步一步地走向人民英雄纪念碑。

这是祖皓喆第二次来到纪念碑前。祖皓喆后来回忆说：

> 我俯视着广场上熙熙攘攘的人们，百种感受交汇在心头。
>
> 今天有数以万计的外地人来到北京，为的就是看一眼天安门广场，瞻仰伟大的毛主席，而我们就出生在北京，就生活在中国的首都。这是多么幸福的一件事啊！

虽然一个小时不长，但是，祖皓喆却深深地感受到了人民英雄的伟大。

祖皓喆感慨地说：

“虽然他们可能只是一位普普通通的战士，可是此时，他们却无比崇高，无比伟大！

“他们为了中国的和平，为了今日我们能过上好日子，他们付出了生命的代价！

“他们用自己的血与肉，创造了新中国，并换来了今日我们的幸福。说他们伟大并不为过。”

此时此刻，祖皓喆真心地想对地下的英魂说：

“你是我们所有中华儿女的榜样，我们要像你一样伟大，坚强！”

参加站岗的东直门中学的张健同学，面对着天安门城楼，当他看到天安门城楼前五星红旗下的解放军战士们，一个个挺拔的身姿就像一棵棵松树，一动不动时，他也情不自禁地挺起了胸脯，显得更有精神了！

当张健完成站岗任务，走下人民英雄纪念碑的时候，他的心中突然感受到一种巨大的成就感。

张健在回顾这两天站岗的经历时，说：

“虽然站岗很辛苦，但是我们用自己坚强的意志挺了过来。

“在以后的生活中，我也明白了：只要有毅力，没有什么困难克服不了！”

在4月18日站完岗后，为奖励参与站岗活动的同学们，在老师的带领下，他们参观了天安门城楼。这让每个同学都兴奋不已。

登上城楼，黄大为同学站在当年毛泽东宣布中华人民共和国成立的地方，眺望天安门广场，心情万分激动。

自1986年实施站岗活动以来，在20多年的时间里，北京共有30多万名少年在英雄纪念碑前站过“少年先锋岗”。

此项活动的坚持不懈的开展，旨在北京市广大初中少先队员中，深入开展爱国主义、革命英雄主义和集体主义的教育。

事实证明，教育的成效是显著的，此项活动点燃了更多的少年热爱祖国、报效祖国之心，并成为他们一生中最为难忘的记忆。

深情参观延安革命纪念馆

1997 年 6 月，延安革命纪念馆被中宣部确定为首批爱国主义教育示范基地。

延安革命纪念馆是 1950 年 7 月建立的，是中国最早建立的革命纪念馆之一，位于陕西省延安市王家坪。当初称为延安革命博物馆，馆址在南关原陕甘宁边区交际处院内。1951 年 2 月，文物陈列室正式对外展出。1952 年纪念馆迁到城内凤凰山麓。

1997 年 1 月 13 日，纪念馆在中共中央、毛泽东进驻延安 60 周年纪念日落成揭幕。

延安革命纪念馆成为每位来延安参观、考察、旅游的人的必到之处。早在 1973 年，周恩来在该馆参观时指出：

一个党史陈列，就是一部党史教科书。

延安革命纪念馆就是中共中央在延安最为生动的教材，是中国 20 世纪一个辉煌的聚光点。

在 1997 年“七一”前夕，陕西青年学生李明一行人来到了革命圣地延安。

李明他们是从西安乘汽车，经过黄帝陵、壶口瀑布后到达延安的。

延安的导游在黄帝陵接应李明一行人。导游一上车，就使大家感觉到，这里的导游与别处不一样，用贴上“红色”的标签来形容导游们一点也不为过。

李明他们的导游是一位女孩，20出头的样子。

导游告诉他们，自红色旅游线路开通之后，人流量非常大。由于导游人手少，因此她们只能超负荷工作，以至许多人都累得说不出话来了。

但是，按照惯例，这位导游还是给李明他们唱了一首陕北民歌。随后，导游从包里拿出一叠纸，发给每个人。李明一看，原来是革命歌曲的歌词。

刹那间，大家全都来了精神。导游让司机换上革命歌曲碟子，而后，李明他们跟着唱碟，一首一首地唱起来。此时此刻，大家仿佛回到了那激情燃烧的岁月。10多首革命歌曲唱罢，导游便给李明他们讲中国革命史，讲毛泽东等老一辈革命家在延安领导中国革命的故事。

到达目的地后，李明他们在导游的引导下，沿着先辈们的足迹，先后参观了杨家岭、枣园、宝塔山等革命旧址，目睹了新中国的缔造者当时所处的工作、生活环境，使李明他们对延安精神也有了更深刻的认识和感受。

来到杨家岭，首先映入眼帘的是中央大礼堂，党的第七次全国人民代表大会就在这里召开。

主席台中央悬挂着毛泽东和朱德的巨幅头像。台口上方是由刘少奇提议的“在毛泽东的旗帜下胜利前进”

的大会主题横幅，两旁的白墙上挂着鲜艳的党旗。置身其中，仿佛还能感受到那次大会的热烈氛围。

紧接着，大家分别参观了毛泽东、朱德、周恩来等老一辈无产阶级革命家生活过的窑洞。

窑洞里面的摆设极为简单，一张床、一把椅、一张办公桌等简陋的几件家具，便是毛泽东等老一辈无产阶级革命家当时工作和生活的真实环境。

在毛泽东居住的窑洞外有一个小石桌，毛泽东就是在这里接见美国进步记者斯特朗，并提出“一切反动派都是纸老虎”的著名论断。

杨家岭在中国共产党历史上具有重要意义，中共中央在这里领导解放区军民开展了轰轰烈烈的大生产运动；领导全党开展了伟大的整风运动；打退了国民党顽固派发动的三次反共高潮；召开了著名的延安文艺座谈会和中国共产党第七次全国代表大会；并取得了抗日战争的伟大胜利。

来到枣园革命旧址，让人浮想联翩。

1943 年至 1947 年，这里曾是中共中央书记处所在地，这里的一间间屋室，一幅幅画卷，一张张图片，一件件遗物，都真实地再现了老一辈无产阶级革命家当年艰苦奋斗的生活，再现了我党我军艰苦卓绝浴血奋战的真实场面。

聆听着导游对每一段历史的详细讲解，大家的思绪也被拉到了那战火硝烟的峥嵘岁月……

枣园，中共中央在这里领导全国军民取得了抗日战争的最后胜利，领导全国人民为争取民主团结、和平建国，同国民党顽固派进行了针锋相对的斗争，为粉碎国民党反动派的全面内战做了充分准备。

走进宝塔山，远远地就可以看见宝塔雄伟的英姿。站在宝塔前，仰视那傲然耸立的巍巍宝塔，李明心中不禁热血沸腾。宝塔其实并不高，只有 44 米，分为 9 层，楼阁式砖塔，呈平面八角形。

据说宝塔是唐代始建，现在的为明代建筑。虽然历经数百年风雨岁月的洗礼，宝塔仍像母亲一样，俯视着偎依在她怀里的延安大地。

普普通通的宝塔，作为延安时代的象征，像一支火炬照亮了中国革命的航程，成为中国人民心中一座不朽的丰碑。延安的每一座旧址，都有一段不寻常的经历；每一张图片，都有一段动人心弦的故事；老一辈无产阶级革命家创造的延安精神成了留给后人的一笔最宝贵的精神财富。

延安之行，使每一个游客都受到了深刻的革命传统教育。延安精神是有志者战胜一切困难的法宝，小到一个单位，大到一个民族，它可以让一个单位不断地发展和壮大，也可让一个民族更加繁荣和昌盛。

在临别时，导游给李明他们每一个人发了一件纪念品，那就是毛泽东像章。延安精神，将在每个人的心中铭刻。

雷锋精神感动中外参加者

1997 年 6 月，抚顺市雷锋纪念馆被中宣部确定为首批爱国主义教育示范基地。

雷锋是一位伟大的共产主义战士、全心全意为人民服务的楷模。抚顺是雷锋生前服役的地方。

抚顺市雷锋纪念馆自 1964 年建馆以来，已接待国内外宾客 4640 万人次，很好地起到了弘扬主旋律，发挥爱国主义教育基地的作用。

雷锋原名雷正兴，1940 年 12 月 18 日出生在湖南省长沙简家塘一个贫苦农民家里。

雷锋在不满 7 岁时就成了孤儿。1949 年 8 月，湖南解放时，小雷锋便找到路过的解放军连长要求当兵。连长没同意，但把一支钢笔送给了他。

1950 年，雷锋当了儿童团团长，积极参加土改。同年夏，乡政府的党支书供他免费读书。1954 年，雷锋加入中国少年先锋队。

1956 年夏天，他小学毕业后在乡政府当了通信员，不久调到望城县委当公务员，被评为机关模范工作者，并于 1957 年加入共青团。

1958 年春，雷锋到团山湖农场，只用了一周的时间就学会了开拖拉机。同年 9 月，雷锋响应支援鞍钢的号召，到辽宁鞍山做了一名推土机手。

翌年8月，他又来到条件艰苦的弓长岭焦化厂参加基础建设，曾带领伙伴们冒雨奋战保住了7200袋水泥免受损失，当时的《辽阳日报》报道了这一事迹。在鞍山和焦化厂工作期间，他曾3次被评为先进工作者，5次被评为标兵，18次被评为红旗手，并荣获“青年社会主义建设积极分子”的光荣称号。

1959年12月征兵开始，雷锋迫切要求参军，焦化厂领导舍不得放他走。雷锋跑了几十里路来到辽阳市兵役局表明参军的决心。

他身高只有1.54米，有点胖，娃娃脸，眉毛粗，眼睛大，体重不足55公斤，不符合征兵条件，但因政治素质过硬和有经验技术，最后被破例批准入伍。

参加人民解放军后，他被编入工程兵某部运输连四班。他全心全意为人民服务，只要是对人民有利的事，他都心甘情愿地去做。在入伍不到三年的时间里，荣立二等功1次、三等功3次，并荣获“节约标兵”和“模范共青团员”称号。1960年11月入党，并被选为抚顺市人民代表。

一次，雷锋外出在沈阳车站换车的时候，一出检票口，发现一群人围着一个背着小孩的中年妇女，原来这位妇女从山东去吉林看丈夫，车票和钱丢了。雷锋用自己的津贴费买了一张去吉林的火车票塞到大嫂手里，大嫂含着眼泪说：“大兄弟，你叫什么名字，是哪个单位的?”雷锋说:“我叫解放军,就住在中国。”

5 月的一天,雷锋冒雨要去沈阳。他为了赶早车,早晨5 时多就起来,带了几个干馒头就披上雨衣上路了,路上看见一位妇女背着一个小孩,手里还领着一个小女孩,也正艰难地向车站走去。

雷锋脱下身上的雨衣披在大嫂身上,又抱起小女孩陪她们一起来到车站。上车后,雷锋见小女孩冷得发抖,又把自己的贴身线衣脱下来给她穿上。雷锋估计他们早上也没吃饭,就把自己带的馒头给他们吃。

火车到了沈阳,天还在下雨,雷锋又一直把他们送到家里。那位妇女感激地说:“同志,我可怎么感谢你呀?”

雷锋从安东回来,又在沈阳转车。他背起背包,过地下道时,看见一位白发苍苍的老大娘拄着棍,背了个大包袱,很吃力地一步步迈着。

雷锋走上前去问道:“大娘,你到哪儿去?”

老人上气不接下气地说:“俺从关内来,到抚顺去看儿子呀!”

雷锋一听跟自己同路,立刻把大包袱接过来,手扶着老人说:“走,大娘,我送你到抚顺。”老人感动地一口一个好孩子地夸他。

进了车厢,他给大娘找了座位,自己就站在旁边,掏出刚买来的面包,塞了一个在大娘手里。老大娘往外推着说:“孩子,俺不饿,你吃吧!”

“别客气，大娘，吃吧！先垫垫饥。”

“孩子”这个亲热的称呼，给了雷锋很大的感触，他觉得就像母亲叫着自己小名似的那样亲切。他在老人身边，和老人唠开了家常。老人说，他儿子是工人，出来好几年了。

老人是第一次来，还不知道儿子住在什么地方哩。说着，掏出一封信，雷锋接过一看，上面的地址他也不知道，但他知道老人找儿子的急切心情，就说：“大娘，你放心，我一定帮助你找到他。”

雷锋说到做到，到了抚顺，背起老人的包袱，搀扶着老人，东打听，西打听，找了两个多小时，才找到老人的儿子。

1960 年初夏的一个星期天，雷锋肚子疼得很厉害，他来到团部卫生连开了些药回来，见一个建筑工地上正热火朝天地进行施工，原来是给本溪路小学盖大楼。雷锋二话不说推起一辆小车，加入到运砖的行列中去。

直到中午休息，雷锋被一群工人围住了，面对大家他说：“我们都是为社会主义建设添砖加瓦，我和大家一样，只是尽了自己的一点义务，也算是有一分光发一分光吧!”

这天下午，打听到雷锋名字及部队驻地的市二建公司组织工人敲锣打鼓送来感谢信，大家才知道病中的雷锋做了一件好事，过了个特殊的星期天。

1960 年 8 月，驻地抚顺发洪水。运输连接到了抗洪抢险的命令。雷锋忍着刚刚参加救火手被烧伤的疼痛，又和战友们在上寺水库大坝连续奋战了七天七夜，被记了一次二等功。

望花区召开大生产号召动员大会，声势很大，雷锋上街办事正好看到这个场面，他取出存折上在工厂和部队攒的200元钱，跑到望花区党委办公室要捐献出来，为建设祖国作点贡献。接待他的同志实在无法拒绝他的这份情谊，只好收下一半。

另100元在辽阳遭受百年不遇洪水的时候，雷锋又捐献给了辽阳人民。在我国受到严重的自然灾害的情况下，他为国家建设、为灾区捐献出自己的全部积蓄，却舍不得喝一瓶汽水。

1960年10月以后，雷锋先后担任了抚顺市建设街小学和本溪路小学校外辅导员。

雷锋平时工作、学习都很忙，他只能利用午休时间或风雨天不能出车的日子请假到学校去找教师、同学谈心，或进行其他辅导活动。他善于团结小朋友，启发他们好好学习，天天向上。

雷锋以高度的使命感、责任感，辛勤培养下一代茁壮成长。共青团抚顺市委为表彰雷锋的事迹，于1962年5月28日给他颁发奖状，上面写着：

奖给优秀辅导员雷锋同志，保持光荣，继续前进。

1961年9月，全团上下一致推举雷锋为抚顺市人大代表。

雷锋参加完人代会回到连里就担任了二排四班班长。在他的带领下，四班成了“四好班”，雷锋也成了全连的“四好班长”。

一天傍晚，天下起大雨，雷锋见公路上一位妇女怀里抱着小孩，手里还拉着小孩，身上还背着包袱，在哗哗的大雨中一步一滑地走着。雷锋忙上前一打听，才知道这位大嫂从外地探亲归来，要去十几里外的樟子沟。

她着急地说：“同志啊，今天雨都把我浇迷糊了，这还有孩子，我哭也哭不到家啊！”

雷锋把雨衣披在大嫂身上，抱起那个大一点的孩子冒雨朝樟子沟走去，宁可自己淋得透湿，一直走了两个多小时，才把他们母子送到家。

雷锋入伍以来多次立功受奖，还被选为市人大代表，出席过沈阳军区首届共青团代表会议。他的照片、日记和模范事迹，通过报纸、电台广泛传播了出去，雷锋陆续收到来自全国各地热情赞扬他的来信。他在日记中写下了这样一段话：

我的一切都是党给的，光荣应该归于党，归于热情帮助我的同志，至于我个人做的工作，那是太少了，我这么一点点贡献，比起对我的要求和期望还是很不够的……

1962年8月15日8时多，细雨霏霏，雷锋和他的助手乔安山驾车从工地回到驻地。他们把车开进连队车场后，发现车身上溅了许多泥水，便不顾长途行车的疲劳，立即发动车到空地去洗车。

经过营房前一段比较窄的过道时，为安全起见，雷锋站在过道边上，扬着手臂指挥乔安山倒车转弯：“向左，向左……倒！倒！”

突然汽车左后轮滑进了路边水沟，车身猛一摇晃，骤然碰倒了一根平常晒衣服被子用的方木杆子，雷锋不幸被倒下来的方木杆子砸在右太阳穴上，当场扑倒在地，昏了过去……

战友们立即用担架把他送到附近医院抢救，各级首长立即赶到了医院，同时以最快速度把沈阳的医疗专家请来了。由于颅骨损伤导致脑功能障碍，雷锋这个劳动人民的好儿子，中国共产党的优秀党员，年仅22岁，就这样和我们永别了！

因公殉职后，1963年1月7日，国防部命名他生前所在班为“雷锋班”。

1963年3月1日，朱德题词：

学习雷锋做毛主席的好战士。

1963年3月5日，毛泽东亲笔题词：

向雷锋同志学习。

刘少奇题词：

学习雷锋同志平凡而伟大的共产主义精神。

周恩来题词：

向雷锋同志学习：憎爱分明的阶级立场，言行一致的革命精神，公而忘私的共产主义风格，奋不顾身的无产阶级斗志。

此后，掀起全国人民特别是青少年向雷锋学习的热潮。从此，每年3月5日便成了全民学雷锋的日子。

1963年3月5日，毛泽东“向雷锋同志学习”的题词发表后，全国出现了一个广泛深入学习雷锋活动的热潮。

3月11日，中共抚顺市委作出《关于响应党中央和毛主席的号召，进一步在全市深入开展学习雷锋运动的决定》。决定中包括为了永远纪念雷锋，宣传和学习雷锋，在市区望花公园内修建雷锋烈士纪念碑、亭和雷锋事迹陈列室等项内容。

这项工作由中共抚顺市委宣传部、市总工会、团市委和市政府有关部门负责，本着节约精神筹办。

抚顺市委决定在雷锋生前部队驻地附近的望花公园修建雷锋纪念馆是非常有意义的。望花公园面积不大，景点不多，但这里却是雷锋生前利用节假日和休息时间，带领少先队员们在这里进行学习和游玩的地方。

在这座公园的周围，有雷锋担任校外辅导员的本溪路小学和建设街小学；有雷锋储蓄存款的和平储蓄所；有雷锋捐款的和平人民公社；有雷锋经常带领战士清扫卫生、扶老携幼、接送旅客的瓢儿屯火车站；有雷锋参加过扩建的抚顺钢厂新厂房；有雷锋把苹果和月饼送给伤病员的抚顺西部职工医院；等等。

1963 年 11 月，沈阳鲁迅美术学院、抚顺市建设局同时提出了雷锋纪念碑、墓、馆的设计方案。当时的设计方案明确了雷锋纪念碑、墓、馆不仅是公园园林中的一部分，而且要完整地体现出这里是响应毛主席号召，向雷锋同志学习，进行社会主义教育的大课堂。

在设计布局上，也应以充分表现毛主席的伟大号召和介绍雷锋生前事迹为主要内容。设计方案经论证、审定后，由市民政局上报抚顺市人民委员会，经分管副市长批示同意，于 1963 年 11 月 21 日，正式向辽宁省人民委员会提出报告。

报告提出，为了永远纪念雷锋同志和深入宣传学习雷锋同志的先进事迹，决定在抚顺市西部望花公园修建雷锋纪念碑、墓和纪念馆。概算投资 14 万元。其中，雷锋纪念碑由沈阳鲁迅美术学院设计。

1964 年 4 月 3 日，清明节前夕，将雷锋棺椁由烈士陵园迁葬到望花公园东北角。

1964 年 8 月 15 日，是雷锋因公殉职两周年纪念日。这天，抚顺市各界人民和青少年 1000 多人，在望花公园举行“雷锋纪念馆”奠基典礼。

雷锋纪念馆是一座占地 960 平方米的平顶建筑，在纪念馆的正厅中央，立有 1 米多高的雷锋半身塑像；大厅正面墙上，毛泽东主席题词“向雷锋同志学习”的金色手书大字在紫红绒布的衬托下闪闪发光。

正厅两旁的墙壁上，悬挂着周恩来、刘少奇、朱德、叶剑英、邓小平、陈云为号召学雷锋书写的题词。大厅里摆放着 40 多盆翠绿的松柏。

在环绕大厅四周的展览室内，展出了雷锋生前的各种遗物以及反映雷锋模范事迹的照片和图画 200 多件。

1979 年，抚顺雷锋纪念馆被列为辽宁省重点文物保护单位。1986 年 10 月，经国务院批准，该馆被列为全国首批烈士纪念建筑物重点保护单位。

1990 年，江泽民、乔石、李铁映等党和国家领导人先后参观雷锋纪念馆。江泽民为雷锋纪念馆亲笔题写馆名，李鹏为雷锋纪念馆亲笔题词：

雷锋精神永恒！

学雷锋活动在全国又出现新热潮，当年观众量猛增到56万多人次。

1991年10月，抚顺市开始扩建雷锋馆。1993年3月5日，扩建后的雷锋事迹陈列馆正式对外开放。

新馆是座大型现代化博物馆建筑，建筑面积4400平方米，造型似一面展开的旗帜。外墙全部由花岗岩石罩面，东南面有300多平方米的半圆形玻璃幕墙。

正门上方，五个镀金大字是由江泽民同志题写的：

雷锋纪念馆

馆内主体建筑分两层，附属建筑4层。一层是雷锋生平事迹展厅，陈列有雷锋文物资料400多件，其中有雷锋珍贵历史照片140多幅，毛泽东、周恩来、刘少奇、朱德、邓小平、江泽民、李鹏、乔石、李瑞环等为雷锋题词手迹20多件。

展览序厅呈拱顶圆形，高12米，周长52米，在圆墙上绘有大型装饰壁画，壁画由鲁迅美术学院教授、著名画家许荣初、杨建友等创作，用中国民间传统工艺技法结合现代夸张的人物造型，生动地描绘出雷锋从小到大成长的主要历程。

大厅中央竖立有4.7米高的大型雷锋铸铜头像，由鲁迅美术学院教授、雕塑家庞乃轩创作，是我国目前室内最大的头像雕塑之一。

雷锋事迹陈列厅由曲向直，布局结构新颖。陈列内容按雷锋成长史编排，分“苦难的童年”、“上学读书”、“走上工作岗位”、“参军以后”和“永生的战士”五部分，系统、翔实地介绍了雷锋平凡而伟大的模范事迹和由一个无依无靠的孤儿成长为共产主义战士的主要历程。其中有一大批图片、实物等资料是新征集的。

新展二层有大型临时展览、学雷锋活动展览，雷锋式先进人物展览等。新馆还设有多用厅、录像厅、资料馆、会议厅、接待厅等，功能齐全，设备先进。

雷锋纪念馆规划布局合理，纪念建筑物和苍松翠柏相映成辉，环境优美，气氛庄重，是供人们参观、学习、游览、举行纪念活动的良好场所。

抚顺雷锋纪念馆至今已接待国内外观众3000多万人次，包括国外60多个国家和地区观众4000多人次。

这些中外参观者来抚顺雷锋纪念馆参观之后，有的当场挥毫留言，有的归去之后寄来赠言，有的还寄来国外研究学雷锋活动的信息，字里行间都饱含着对雷锋这位普通战士的无限爱慕和敬仰之情。

他们中有我们的党政领导干部，也有普通的工农兵群众、学生与儿童；有国外的政界人士，也有新闻记者及在华留学生等。

原中国科学院副院长竺可桢在1966年8月16日参观后留言：

永远学习雷锋同志的榜样，希望能做一个永不生锈的螺丝钉。

1990年2月13日，辽宁省沈安劳改支队团委75名共青团员参观后留言：

今天，我们沈安劳改支队75名共青团员怀着无比激动的心情参观了雷锋纪念馆，我们决心以雷锋为榜样，在新形势下，发扬雷锋精神，做“四有”青年。

1990年4月21日，抚顺市民政局下属的染料化工厂全体盲人、残疾人参观后留言：

我们是抚顺市染料化工厂的盲人和肢体残疾人员，今天来到雷锋馆参观，得到了雷锋馆工作人员的热情接待。他们不愧为在雷锋身边工作的同志，在我们参观过程中，盲人看不见，解说员同志为我们仔细地讲解，通过他们的声音，使我们了解到雷锋同志的事迹，如同看到了雷锋同志的身影，我们对全馆的同志表示衷心的感谢。在今后的工作中，我们要向雷锋学习，做到身残志坚，为四化建设作贡献。

1990年8月21日，黑龙江省哈尔滨市医大附小六年二班李钊参观时留言：

> 雷锋叔叔的事迹感染了我。我一定向他学习。

1984年5月，一个由40多人组成的日本代表团到抚顺雷锋纪念馆参观。他们不但认真地听解说员讲解，还仔细地观看展室的每件展品，并就雷锋事迹和学雷锋活动等有关问题，同纪念馆工作人员进行了3个多小时的座谈。他们说：

> 雷锋做的事我们以前听说过，很难理解，通过参观后我们相信了。雷锋很伟大，大家都应该向他学习。

1989年8月，美联社等的4名西方记者从北京专程来到抚顺雷锋纪念馆进行采访。他们抱着怀疑的态度来到雷锋事迹陈列室里，有的指着雷锋给伤病员送苹果，送老大娘等照片问：

“雷锋做好事是自觉的还是被迫的？”

“为什么雷锋做好事还有照片，是经过导演的吗？”

纪念馆的工作人员对此进行了耐心的解释：雷锋助

人为乐做好事是从不留名、不宣扬自己的，他经常把自己做过的事写在自己的日记里，以鞭策自己。

因为雷锋生前就是一位先进人物，部队经常表扬他，报纸上也常介绍他的模范事迹，这些照片是当时的摄影记者根据报刊、雷锋日记以及部队提供的雷锋事迹材料邀请雷锋本人和当事人进行事后补拍的。拍摄时间虽有差异，但人物和事件本身都是真实的。

几位西方记者还对在场的观众提出了许多有关学雷锋的问题，当他们得到客观的答复时，信服地说：

“雷锋是真实的，雷锋精神是人类的共同财富。”

在北京学习的法国留学生德施兰，学成回国前来雷锋纪念馆参观了一个多小时，不时发出敬佩的赞叹。

纪念馆工作人员问他：“你是法国人，为什么对雷锋那样敬重？”

他回答说：“如果我们人类都能像雷锋那样处理人与人之间的关系，那该多好啊！”

日本一家公司的职员参观雷锋事迹展览后激动地说：

“我回去后要告诉青年朋友们，要像雷锋那样生活。”

在上海学习的美国留学生温戴克，在被问到向雷锋学习什么时说：“学习雷锋对待事业的态度，学习雷锋刻苦学习的钉子精神，学习雷锋关心人、爱护人、支持人、理解人的品质。”

他说：“这些精神都是人类所应该具有的。”

外宾在参观过程中，除当场提问题、谈感想外，还在观众留言簿上写下了许多发人深省的话。

日本青年奥村一男和船津和子写道：

雷锋实现了伟大的毛泽东思想，他的一生是我们学习的榜样。这个纪念馆体现了雷锋的伟大事迹，使我们受到极大感动。

阿尔巴尼亚的译夫·吉尼曾写道：

雷锋同志一生虽然是短促的，但他的一生为中国人民和世界人民树立了光辉的榜样。雷锋虽然年轻，但他有一颗全心全意为人民服务的心。

罗马尼亚新闻工作者代表团写道：

雷锋纪念馆显示了中国人民的儿子，中国共产党的忠实战士的模范的一生。他为了社会主义建设进行了忘我的劳动，这个纪念馆是对青年一代进行思想教育和发扬牺牲精神的好课堂。

来自非洲的雅克·马凡写道：

在听了雷锋英雄事迹的介绍后，我认为他不仅是中华人民共和国伟大革命人民的优秀儿子，也是进步人类的儿子。在这方面，我们非洲青年也应该向他学习。

据介绍，泰国政府为培养国民高尚的品质，树立起良好的社会道德风尚，专门翻印了《雷锋》的小册子，发给国民，以宣扬雷锋精神，进行社会道德风尚教育。

1990 年 3 月 12 日，日本新闻工作者掘江义人先生参观雷锋事迹展览后，对雷锋精神给予高度评价。他在观众留言簿上用汉字写道：

雷锋属于全世界。

雷锋精神是一种共产主义精神，它的实质是忠于共产主义和社会主义事业，毫不利己，专门利人，全心全意为人民服务，“把有限的生命，投入到无限的为人民服务之中去”，做一个平凡而伟大的共产主义战士。

雷锋精神是中华民族传统美德与共产主义光辉思想相结合的典范，它的核心是公而忘私，全心全意为人民服务的奉献精神。

如果一个民族没有 ·个基本精神作为共同的价值取向、共同的追求目标、共同的精神纽带，那么这个民族就没有灵魂、没有脊梁，因而也是没有前途的民族。

所以，中华民族必须保持和弘扬奉献精神，它是我们今天在建设社会主义现代化过程中迎接各种挑战所必需的民族自信心、自尊心的力量源泉。

抚顺雷锋纪念馆这个全国爱国主义教育示范基地，为此发挥了无可比拟的重大作用。

周恩来指示要保护莫高窟

敦煌莫高窟，1997 年中宣部公布的首批爱国主义教育示范基地之一，它体现的古代艺术成就令人为之神往。

莫高窟在敦煌市东南 25 公里处。莫高窟是凿在三危山和鸣沙山东麓的崖壁上，其间窟形如蜂房鸽舍，错落相叠四五层，栉比相连，气势雄伟，它像一颗璀璨的明珠，镶嵌在古丝绸之路上。

莫高窟为我国著名的四大石窟之一，四大石窟即云冈石窟、龙门石窟、麦积山石窟和莫高窟。在第二十八届世界遗产大会上，莫高窟被列为世界文化遗产。

在 2009 年的夏天，甘肃的李孟发和几位朋友乘坐大巴从张掖出发，一天时间就到了敦煌市。

导游滔滔不绝地告诉游客们说，莫高窟始建于公元 366 年，至今已有 1600 多年的历史。

导游还给大家讲了关于莫高窟的一个传说：

1000 多年以前，有一名叫乐僔的和尚云游敦煌，经过三危山时觉得筋疲力尽，此时天近黄昏。

他忽然看见对面的鸣沙山金光闪烁，辉煌灿烂，好像神佛显现的万道光芒。

于是，他感恩圣灵相助，便千辛万苦在那里开凿了第一个洞窟。以后又有法良禅师开凿了第二个洞窟。

从此以后，来往丝绸之路的商旅、地方大小官吏、市民等等都到那里建起多个洞窟和窟龛了。因此，莫高窟又叫千佛洞。

在参观的过程中，李孟发他们看到每一个洞窟都是一个新天地。

在一座座洞窟里，都有造型精美的塑像和壁画。其色彩绚丽，气魄宏大，构思新颖大胆，令人惊叹不已。

面容慈祥的大佛，仿佛对人微笑相迎；面目狰狞的金刚很是威严，令人望而生畏。

环顾四壁、窟顶，到处都画有佛像、飞天、伎乐和仙女等，还有变幻出奇的云流雾飞、火焰腾升、花移星奔，以及怪兽争食、灵鸟嬉戏、天马和飞龙追逐、雷公紧擂战鼓、风伯推波作浪等生动的画面。

但见各色人物惟妙惟肖，神气活现。每一个窟的每一幅画，都有它的故事内容，若详细听导游讲解，半天只能看四个窟。

听说画家张大千在一幅画前看了整整3天，才悟到画中的真谛。

在参观的过程中，导游说：

有一个艺术团参观时，其中一位艺术家说，莫高窟是个艺术迷宫，是个“美人窟”，菩萨仕女个个都有其不同的美，比“蒙娜丽莎”还要美。

莫高窟是我国，也是东方最大的石窟群，就其壁画、塑像的内容来说，不仅直接描述了当时人民群众的生活情景，而且为研究不同时代和不同民族的衣冠服饰提供了实物资料。

壁画中所画的各种楼阁、寺塔、宫殿等，以及保存下来的唐宋时代的木构窟檐实物，都是研究我国历代建筑技巧和油漆工艺的宝贵材料。

还有音乐、舞蹈、杂技等画面，也都是当代社会各种艺术表演的形象资料，也是中外文化交流的历史记录。

莫高窟是一座伟大的艺术宫殿，这里有形象生动的研究社会发展、政治、经济、文化、宗教、民族关系，以及中外文化交流、友好往来的宝贵资料。

可以说，敦煌莫高窟是一部包罗万象的“百科全书”，是中外学者和专家研究自然和历史的永久性课题。

周恩来对这笔宝贵的文化遗产的保护工作非常关心。

1964 年 10 月 16 日，当在中国西部，距离丝路名城敦煌几百公里的罗布泊上空，升起一朵震惊世界的蘑菇云时，正在北京中南海的周恩来突然想到了莫高窟。

他赶忙吩咐身边的工作人员：

马上让国家文物局的王冶秋同志和敦煌联系，问一下敦煌人民受到影响了没有，莫高窟损坏了没有。

敦煌那边的消息很快反馈回来：

据电传，敦煌人民目前未受影响，莫高窟也安然无恙。

周恩来放下心来，他随即先后派出10批由北京医疗单位专家及医护人员组成的医疗队赶赴敦煌，深入敦煌城乡，给当地人检查身体，并设立了专门的机构，随时监测核辐射剂量。

同时周恩来还指示文化部，要加快正在进行的敦煌莫高窟加固工程的进度，确保这座艺术宝库能完整保存下去。

1961年3月4日，国务院公布敦煌莫高窟为第一批全国重点文物保护单位。

1962年，敦煌文物研究所为了进一步推进文物保护工作，向文化部呈交了《关于加强保护莫高窟群的报告》，提出防止鸣沙山山体向前移动，造成石窟岩壁倒塌，使敦煌壁画彩塑毁于一旦的具体加固意见。

报告呈送国务院后，受到周恩来的高度重视。国务院派出由文化部副部长徐平羽率领的10余名专家学者，组成敦煌工作组，前来莫高窟进行考察考证。

1962年，周恩来在一次国务院会议上，语重心长地说：

> 敦煌莫高窟是我国古代劳动人民宝贵的文化艺术遗产，已有1000多年的历史了，解放前已遭受过帝国主义者残酷的劫掠和破坏，现在我们一定要保护好它，否则，我们这些人不能向后世交代。

当时，国家财政特别困难，全国各地均已停止修建楼堂馆所，都在全力以赴发展工农业生产。

但是，周恩来仍然果断作出决定，批准拨巨额专款，一步到位，用于大规模地抢修敦煌莫高窟，实施保护工程。

今天，莫高窟能依然以迷人的风姿供世人欣赏，令人慨叹，我们不能不怀念和钦佩周恩来等老一辈革命家为保护敦煌莫高窟所作出的永不磨灭的贡献。

邓小平为烈士陵园题词

乌鲁木齐烈士陵园，初建于1956年，1975年重修，它是中国共产党优秀党员陈潭秋、毛泽民、林基路、乔国桢等烈士遗体的安葬地。

为了扩大抗日民族统一战线，为了帮助各族人民发展经济、文化事业，在抗日战争时期，我党先后派了大批干部前往新疆。

早在1939年，陈潭秋作为党中央驻新疆代表，负责领导党在新疆的全部工作，以后又有毛泽民、林基路等共产党员来到新疆。

我党在新疆各族人民中的政治影响不断扩大，引起了反动军阀盛世才的恐慌。

1942年9月，盛世才假造罪名，把陈潭秋、毛泽民、林基路等人投入监狱。共产党人在狱中同盛世才一伙进行了不屈不挠的斗争。

1943年9月27日，陈潭秋、毛泽民、林基路等一部分共产党员牺牲在盛世才的屠刀下。

解放后，新疆各族人民为牺牲了的共产党员和革命群众修建了烈士陵园；用汉文、维吾尔族文、蒙古族文、哈萨克文4种文字，在烈士墓前的碑背面镌刻了烈士的生平简历。

后来，又建了陈列室，陈列着革命先烈生前从事革命斗争的史料。

1983 年 9 月，在烈士殉难 40 周年的时候，邓小平书写了题词：

陈潭秋、毛泽民、林基路烈士永垂不朽！

乌鲁木齐烈士陵园占地 850 余亩，陵园后面河流阶地的土丘上绿树葱茏，园中松柏常青。

墓地前是一个花岗石广场，庄严肃穆，陵园内植有桃、杏、苹果等果树数千株，葡萄上百株，还修建了凉亭、休息室。

园内南侧设有烈士事迹陈列室。陵园已成为供人们凭吊、游览和参观学习的场所。

在大门的屏风上，镌着董必武的题字：

乌鲁木齐革命烈士陵园

每年清明前后，成千上万的人相继来此祭扫、凭吊并游山览景。

2008 年 4 月 4 日清明节，新疆上万人来到乌鲁木齐烈士陵园、八路军办事处、毛泽民故居等地重温历史，缅怀先烈。

4 月 4 日 10 时许，在乌鲁木齐烈士陵园，已经汇集了许多前来扫墓的人。武警消防官兵、大中学生等，在碑前献上花圈，宣读誓言。

许多市民，包括老人和小孩，也自发地赶来，在烈士墓碑前鞠躬，献上鲜花。

在八路军办事处、毛泽民故居等地，前来重温历史、缅怀先烈的群众也大为增加。

在喀什做水果生意的买合木提江，带着妻子、女儿，专程来到八路军办事处参观。

买合木提江说："现在一家人生活很幸福，这次来是想看看这些带给我们今天幸福生活的革命烈士，让孩子们永远记住他们的事迹。"

矗立在乌鲁木齐人民公园的新疆各族人民烈士纪念碑，被束束鲜花所簇拥。

解放军某部连长邢亚洲，是专程来祭奠英雄的。他久久伫立碑前，神情肃穆。邢亚洲说："先辈们勇往直前、不怕牺牲的精神让我备受鼓舞，身为一名军人，我更加体会到身上的责任重大！"

每一个曾为新中国的建立付出鲜血和生命的革命烈士，都将活在人民的。人民为他们在心中树立了一块不朽的丰碑！

二、 公布第二批

●海南省政务中心主任袁秀梅说："这次活动非常有意义，让全体工作人员受到了一次深刻的革命精神和爱国主义教育。"

●导游在向游客说起周恩来邓颖超纪念馆时说："要带足手绢，听一流讲解，享受星级服务。"

●周恩来勉励刘仁福说："八连的工作做得很好。希望八连的同志……继承和发扬我党艰苦奋斗的光荣传统。"

中宣部公布第二批爱国主义教育基地名单

2001年6月11日，中共中央宣传部公布以反映党的光辉历史为主要内容的第二批100个爱国主义教育示范基地。

这些基地是进行爱党、爱祖国、爱社会主义教育的宝贵资源。在建党80周年前夕，公布这批示范基地，是为了让人们更好地了解中国共产党所走过的不平凡历程，缅怀革命前辈和革命先烈前仆后继、英勇奋斗的崇高精神，引导广大党员和干部群众牢固树立建设有中国特色社会主义的共同理想，进一步认识到没有共产党就没有新中国、没有共产党的领导就没有中国的现代化，从而坚定跟党走的信心和决心。

这些示范基地是：

北京市：

1. 李大钊烈士陵园　2. 焦庄户地道战遗址纪念馆　3. 北京自然博物馆　4. 中国航空博物馆　5. 中国科学技术馆

天津市：

1. 平津战役纪念馆　2. 周恩来邓颖超纪

念馆　3．天津自然博物馆　4．天津科学技术馆

河北省：

1．华北军区烈士陵园　2．潘家峪惨案纪念馆　3．中国人民抗日军事政治大学陈列馆　4．河北省博物馆　5．唐山抗震纪念馆

山西省：

1．黄崖洞革命纪念地　2．太原解放纪念馆　3．平型关战役遗址　4．太行太岳烈士陵园　5．山西国民师范旧址革命活动纪念馆

内蒙古自治区：

内蒙古博物馆

辽宁省：

1．丹东鸭绿江断桥　2．沈阳抗美援朝烈士陵园　3．黑山阻击战烈士陵园　4．葫芦岛市塔山烈士陵园　5．关向应故居纪念馆

吉林省：

1．四平战役纪念馆暨四平烈士陵园　2．延边革命烈士陵园　3．"四保临江"烈士陵园

黑龙江省：

1．哈尔滨烈士陵园　2．马骏纪念馆

上海市：

1．"南京路上好八连"事迹展览馆　2．海军上海博览馆　3．陈云故居暨青浦革命历史纪

念馆　4. 鲁迅纪念馆

江苏省：

1. 梅园新村纪念馆　2. 沙家浜革命历史纪念馆　3. 茅山新四军纪念馆　4. 南京博物院

浙江省：

1. 解放一江山岛烈士陵园　2. 鄞县四明山革命烈士陵园　3. 舟山鸦片战争纪念馆

安徽省：

1. 新四军军部旧址纪念馆及皖南事变烈士陵园　2. 王稼祥纪念园　3. 淮海战役双堆烈士陵园　4. 安徽省博物馆

福建省：

1. 福建省革命历史纪念馆　2. 毛泽东才溪乡调查纪念馆　3. 长汀县瞿秋白烈士纪念碑　4. 闽侯县“二七”烈士林祥谦陵园　5. 华侨博物院

江西省：

1. 秋收起义纪念地（萍乡秋收起义纪念碑、秋收起义铜鼓纪念馆、秋收起义修水纪念馆）　2. 永新三湾改编旧址　3. 兴国革命历史纪念地（纪念馆、烈士陵园）　4. 上饶集中营革命烈士陵园　5. 方志敏纪念馆（烈士陵园、赣东北特委、红十军建军旧址等）

山东省：

1. 华东革命烈士陵园　2. 中国人民解放军海军博物馆　3. 济南革命烈士陵园　4. 莱芜战役纪念馆　5. 山东省博物馆

河南省：

1. 新县革命纪念地（中共中央鄂豫皖分局、鄂豫皖军委、鄂豫皖苏区首府革命博物馆、鄂豫皖苏区烈士陵园、箭厂河革命旧址等）　2. 河南博物院

湖北省：

1. “八七会议”会址纪念馆　2. 闻一多纪念馆　3. 湖北省博物馆

湖南省：

1. 平江起义纪念馆　2. 湘鄂川黔革命根据地纪念馆　3. 秋收起义文家市会师旧址纪念馆　4. 中共湘区委员会旧址　5. 湘南暴动指挥部旧址　6. 彭德怀纪念馆　7. 湖南省博物馆

广东省：

1. 毛泽东同志主办农民运动讲习所旧址　2. 叶剑英元帅纪念馆　3. 叶挺纪念馆

广西壮族自治区：

1. 龙州县红八军军部旧址（红八军纪念馆）　2. 八路军桂林办事处旧址　3. 百色起义纪念馆

海南省：

1. 琼海市红色娘子军纪念园　2. 母瑞山革命根据地纪念园

四川省：

1. 红四方面军指挥部旧址纪念馆　2. 泸定桥革命文物陈列馆　3. 红军四渡赤水太平渡陈列馆　4. 安顺场红军强渡大渡河纪念地　5. 苍溪红军渡纪念馆　6. 万源保卫战战史陈列馆　7. 陈毅故居

重庆市：

1. 刘伯承同志纪念馆　2. 聂荣臻元帅陈列馆　3. 赵世炎烈士故居

云南省：

扎西会议纪念馆

贵州省：

1. 息烽集中营革命历史纪念馆　2. 王若飞故居

陕西省：

洛川会议纪念馆

甘肃省：

1. 宕昌县哈达铺红军长征纪念馆　2. 八路军驻兰州办事处纪念馆　3. 兰州市烈士陵园　4. 华池县南梁革命纪念馆　5. 高台县烈士陵园

新疆维吾尔自治区：

新疆维吾尔自治区博物馆

按照中央领导的要求，各级宣传部门在党委、政府的领导下，协调有关部门支持示范基地的工作，认真总结和推广示范基地建设、管理和使用方面的经验。

同时，各示范基地还加强自身建设，开阔视野，拓展思路，不断改进创新，把示范基地办成受群众欢迎的教育场所。

各级新闻出版单位也为加强爱国主义教育营造了良好的舆论氛围。

参观母瑞山纪念园

2001 年 6 月，海南省母瑞山革命根据地纪念园，被中宣部定为全国爱国主义教育示范基地。

母瑞山革命根据地纪念园属海南省青少年革命历史教育基地，在 1996 年 8 月 1 日建成。

母瑞山是琼崖纵队的根据地，革命历史上著名的“23 年红旗不倒”指的就是母瑞山革命精神。

母瑞山位于海南省定安县南部，方圆 100 多公里。这里山高林密，地势险要，是琼崖革命的重要根据地。在土地革命时期，这里是琼崖特委、琼崖苏维埃政府和红军独立师三大领导机关的驻地。

当时，在冯白驹和王文明带领下，建立了母瑞山革命根据地。他们在深山老林里，与敌人展开了长期的反围剿斗争，吃野菜、穿树皮，坚持战斗。

革命者在艰苦的生存环境下，凭着坚定的革命信念和不屈不挠的战斗意志，保存了海南红军革命的火种。

1928 年 3 月，国民党蔡廷锴师抵琼，“围剿”琼崖革命力量。琼崖军民奋起反击，但是，最终因敌强我弱反“围剿”受挫。

在同年的冬天，琼崖苏维埃政府主席王文明率部转移到母瑞山，开辟革命根据地，第一次保存了革命火种。

1929 年，琼崖红军独立团在此成立。

1930 年 4 月，中共琼崖“四大”在母瑞山革命根据地召开。在这次会议上，作出了发动“红五月军事攻势”等重要决议。

同年 8 月，红军独立师在母瑞山成立。同月，琼崖第二次工农兵代表大会在母瑞山召开，成立第二届琼崖苏维埃政府。

1932 年 7 月，广东国民政府警卫旅陈汉光部到琼“围剿”琼崖革命根据地。琼崖军民英勇抵抗，但因敌我力量悬殊，反“围剿”失败。

随后，冯白驹率中共琼崖党政军领导机关和警卫部队 100 多人，在母瑞山恶劣的环境下与敌周旋，最后仅剩下 25 名英雄。英雄们胸怀崇高的革命理想，过着野人般的生活。

在坚持了 8 个多月的艰苦卓绝的斗争后，于 1933 年 4 月成功突围，第二次保存了革命火种。

母瑞山在琼崖革命 23 年红旗不倒，堪称是琼崖革命的摇篮。

为庆祝新中国成立 60 周年，保持和发扬党的先进性，学习革命先烈宝贵精神，在 2009 年 6 月 26 日下午，海南省政务服务中心全体工作人员约 200 人，来到了定安“母瑞山革命根据地纪念园”参观学习。

母瑞山革命根据地纪念园建在海南省定安县南部的中瑞农场，在原红军操场司令台遗址上。其占地 20 亩，总投资230万元。

在园中央，建有冯白驹和琼崖革命主要奠基人王文明两人的3.5米高的铜像。

园中建有陈列馆、接待室、值班室、题词亭、湖中亭、假山池、两座石狮子、大门、围墙、停车场等，总建筑面积5394.6平方米。

主体建筑面积为689.46平方米的两层楼陈列馆，陈列了海南在整个新民主主义革命时期4个阶段的革命斗争史料及珍贵文物，包括琼纵战士使用过的各种生活用品、武器，以及旗帜、印章、历史照片等。

在26日下午，省政务中心全体工作人员在机关党委书记袁秀梅的带领下，首先向革命先烈敬献花篮并默哀。

全体党员在纪念碑前重温庄严的入党誓词。同时，23名优秀共产党员也在这个特殊的时刻，获得了表彰。

在参观母瑞山革命陈列馆时，人们不禁感慨：

> 一面旗帜，一个粮斗，一杆步枪，无不记述着一段令人慨叹不已的革命史实，珍藏着一种可歌可泣的宝贵精神财富。

在国营中瑞农场会议室，纪念园的工作人员讲述了那段难忘的革命历史：

> 吃野菜、穿树皮，在艰苦的生存环境下，

革命先烈凭着坚定的革命信念和不屈不挠的战斗意志，保存了海南红军革命火种，使星星之火变成摧毁腐朽政权的冲天烈焰。

工作人员董孟清激动地说：“今天的和平真是来之不易，它是革命烈士用生命、用鲜血、用智慧换来的，我们要在自己的岗位上，始终保持充足的干劲，做好本职工作。”

省政务中心主任袁秀梅说：

这次活动非常有意义，让全体工作人员受到了一次深刻的革命精神和爱国主义教育。

通过这次参观，海南省政务中心所有工作人员都被革命先烈们的英勇事迹感动了。

大家纷纷表示，一定要继承革命先辈的遗志，让母瑞山的革命之火代代相传。

参观周恩来邓颖超纪念馆

“到北京看毛主席，到天津看周总理。”这是流行于旅行社的一句导游用语。

意思是说，到首都旅游，都要去瞻仰毛主席纪念堂；而到天津旅游，一定要到周恩来邓颖超纪念馆，领略周恩来、邓颖超的伟人风采，否则将是一大遗憾。

导游们在向游客说起周恩来邓颖超纪念馆时说：

要带足手绢，听一流讲解，享受星级服务。

周恩来邓颖超纪念馆建成开放以来，迅速成为全国乃至世界各国人民瞻仰缅怀两位革命先辈的重要场所，也是以爱国主义为核心的民族精神教育的全国性示范基地。

参观时，人们都会被两位革命先辈的崇高品质和精神风范感动得流泪而擦湿手绢。

周恩来邓颖超纪念馆拥有一支优秀的讲解员队伍。讲解员们说，在工作中，每天都在接受伟人精神的熏陶。讲解时，观众受感染，自己受教育。每讲解一次，都会受到一次心灵和精神的震撼。

多年来，周恩来邓颖超纪念馆开展了接待礼仪培训、使用文明用语、文明督导等活动，采取了为老年人和残疾人提供轮椅、设立观众小药箱等多项服务措施，并派讲解人员赴北京、江西、陕西、湖南等地学习。

讲解人员水平不断地提高，受到了国内外观众的一致称赞。

2004 年底，周恩来邓颖超纪念馆与河北区兴华小学联合，在该校设立了“周恩来、邓颖超纪念展室”，“为了中华之崛起——周恩来、邓颖超青年时代”的主题展览在此长期展出。

把“分馆”建在小学校，让孩子们从小了解和学习周爷爷、邓奶奶不平凡的一生，这也是周恩来邓颖超纪念馆在新形势下，针对未成年人思想道德建设而不断进行的尝试之一。

周恩来邓颖超纪念馆还走出馆区大院，深入居民社区，积极占领社区这个精神文明建设和未成年人教育的阵地，受到居民的热烈欢迎。

2004 年 7 月 26 日上午，周恩来邓颖超纪念馆展演小分队，冒雨来到了天津河西区天塔街社区，将“为了中华之崛起——周恩来邓颖超青年时代业绩展”“图说中华人民共和国宪法展”等展览，办到了社区花园和活动室。

同时，小分队还将纪念馆挖掘整理的文物小故事“一张珍贵的照片”“周恩来最后的日子”“邓颖超的小棉袄”等，以演讲配幻灯片的形式，在展览现场表演，受到社区居民的热烈欢迎。

有的居民从 7 时就来到现场等待。虽然天一直下着雨，但是在当天的上午，仍然先后有 100 余名老年人和少年儿童观看了展览，聆听了演讲。

许多居民，特别是小朋友们，为不出社区而观看到高品位的展览和演讲，都表示由衷的感谢。

一位老先生在参观后，被纪念馆同志的展演活动深深地打动了。随即，这位老先生回到家里，把他珍藏了 32 年的一张照片，即周恩来总理在 1972 年陪同几内亚外宾来天津，看望在天津治病的西哈努克亲王时的合影，捐赠给了周恩来邓颖超纪念馆。

纪念馆负责人说，这张照片非常珍贵。这是周恩来在天津留下的最后一张照片，对丰富纪念馆馆藏以及进行周恩来的史料研究，都具有非常重要的意义。

周恩来邓颖超纪念馆走出馆区大院，让展览走向学校、军营和社区，并办到全国各地，产生了广泛的影响。

周恩来邓颖超纪念馆在建馆以来，接受捐赠的实物、文献、图片达 1500 多件，其中不乏文物珍品。

人们纷纷以向周恩来邓颖超纪念馆捐献文物这种方式，表达对先辈的殷殷思念之情。这些文物极大地丰富了周恩来邓颖超纪念馆的陈列展览，其中一些还创下了周恩来邓颖超纪念馆“之最”。

首先是年代最久的文物。一是在 1914 年，南开学校创建“敬业乐群会”时的徽章，是由南开大学教授梁吉生捐赠的；二是周恩来在日本求学时期的肖像画，该画是在 1918 年日本著名雕刻家保田龙门所画，由保田龙门的长子保田春彦捐赠。

其次是体积最大的文物，即中国民航总局捐赠的周恩来的伊尔 – 14 专机。

这架专机是在 1957 年 8 月，由苏联政府赠送给周恩来的。

周恩来乘该机飞遍祖国各地，并赴朝鲜、缅甸、越南、柬埔寨等周边国家访问。它是新中国建立初期内政外交许多重要历史的“见证者”。

周恩来邓颖超纪念馆在被中宣部、人事部、文化部、民政部评为全国爱国主义教育示范基地后，纪念馆工作人员更加积极地创新思路，拓展教育功能，充分发挥爱国主义教育基地对未成年人思想道德建设的作用，让伟人的光芒永远照耀着人们不断前进。

参观地道战遗址

焦庄户地道战遗址纪念馆，是中宣部2001年公布的第二批爱国主义教育示范基地之一。

纪念馆位于顺义区东北燕山余脉歪坨山下，距北京60公里。纪念馆始建于1964年，1979年被北京市定为市级重点保护单位，1993年被北京市政府确定为北京市青少年教育基地。

焦庄户地道始建于抗日战争时期，连接龙湾屯、大北坞等5个村庄，全长12公里。在战争年代，焦庄户村隶属于冀东抗日根据地，是通过平西、平北根据地的必经之路。

焦庄户人民同国内外敌人开展地道战斗争，是从1943年春开始的，当时只是挖了几个隐蔽洞，这种洞只能藏一两个人或存放一些粮食等物品。一旦被敌人发现，就只有束手被擒。

为了同敌人进行长期不懈的斗争，村党支部发动群众，把单个隐蔽洞连接起来，并在地道内安装上翻板、陷阱、单人掩体和暗堡等战斗设施，以及10多处休息室和指挥所，供民兵和群众能较长时间在地道内进行战斗和生活。

到1946年，全村共挖了12公里长的地道，村内纵横交错，并和邻村相连，形成了能打能防的战斗型地道网络。

焦庄户人民在抗日战争和解放战争年代，利用地道、地雷，同敌人进行英勇顽强的斗争。

从1943年到1948年，共战斗150余次，击毙击伤敌人130多人，俘虏敌人100多人，击毁敌军车一辆，缴获枪支100多支、子弹3500多发和敌电台一部。

由于战绩卓著，顺义县人民政府于1947年10月，授予焦庄户“人民第一堡垒”锦旗，并把它插在18米高的民兵指挥瞭望楼顶上。

为了缅怀革命先烈的英雄业绩，对人民进行传统教育，展室内以翔实的资料、珍贵的文物及真实的地道战遗址，再现了焦庄户人民在党的领导下，同国内外敌人进行英勇斗争的历史画面。

谈起地道战，大家自然会联想起电影《地道战》里的情景。但是，如果能到实地看看，感受一下，想必感觉会大不一样。

2007年6月的一天，顺义区的一所中学的学生们，在老师的带领下，来到了焦庄户地道战遗址纪念馆参观。

7时30分，大家准时在校门集合上车。在去往焦庄户的路上，大家都显得十分兴奋。

借着曾经看过电影《地道战》的情景，大家纷纷猜测着地道的模样和当年八路军打鬼子的情形。

9时左右，同学们来到了焦庄户地道战遗址纪念馆。

一到纪念馆，就看到门口伫立着一个巨大的雕塑。雕塑以兵民合力抗击日本侵略者为主题，刻画了八路军战士和当地人民利用地道战和地雷战等形式，抗击日本侵略者的情形。

雕塑上还雕刻着毛泽东的题词：

兵民是胜利之本

走进纪念馆，工作人员向同学们介绍了焦庄户人民当年利用地道抗击鬼子的事迹和焦庄户地道战对冀东根据地的重要意义。

在参观纪念馆图片展览的过程中，同学的心情既沉重又激动：沉重的是看到日本鬼子残害我同胞的情景，一桩桩惨案，一幕幕惨境，惨不忍睹，日本侵略者对中国人民犯下的滔天罪行令人发指；激动的是，在党的领导下，当地人民不屈不挠，坚决抗击侵略者，最终赢得了胜利。

在参观过程中，大家记住了一个人，他就是焦庄户村的第一任党委书记、村长马福，正是他首先想出了用地洞储藏粮食和打击敌人的办法。

1943 年，村党支部发动全村群众，先设计，后施工，开始了改造地道的工程。

大伙齐心协力，很快修好了地道，还掏了瞭望孔、射击孔，建成“能藏、能走、能防、能打”的“四能地道”。村连村，户连户，地道连成片，与日本侵略者进行了坚决、顽强的斗争。

随后，同学们参观了地道遗址，在那狭窄曲折而又隐蔽的地道里，大家仿佛又回到了抗日战争和解放战争年代。

现在供参观的地道还保留着800多米，地道内有休息室和指挥所，有单人掩体、陷阱、碾盘和庙台暗堡等战斗设施。

同时，还有水缸、炕洞、墙柜、锅台、猪圈、柴棚、驴槽等较隐蔽的出入口和瞭望楼。

在参观后，同学们禁不住由衷地钦佩焦庄户广大人民的智慧和顽强的斗争精神。

通过这次参观，同学们都受到了深刻的教育。有的同学还表示，一定要珍惜来之不易的幸福生活，要好好地学习，将来为建设国家贡献自己的力量。

参观好八连展览馆

“南京路上好八连”艰苦奋斗的优良传统，始终是全军和全国人民学习的典范。

“南京路上好八连”事迹展览馆，位于大场镇沪太路3100号、上海警备区马桥营房内。

该馆建于1963年4月25日，1994、2003年分别被命名为上海市青少年教育基地和上海市爱国主义教育基地。

2001年，该展览馆被中宣部命名为全国爱国主义教育示范基地。

“南京路上好八连”原是一个极为普通的连队。那还是在1947年8月6日，在山东莱阳城西水头沟的小园村，华东军区特务团把招来的几十个胶东农民子弟编在一起，组成了该团的四大队辎重连。

不久，连队改番号为华东军区警卫旅特务团一营一连。1949年6月，该连队进驻上海南京路执勤后，一连被编为三营八连。

自从跨进南京路后，八连便不再是一个普通的连队了。

毛泽东曾把中国共产党主政比作“进京赶考”。在全国解放之初，最复杂的“考场”就是上海，而上海最复杂的“考场”当属“南京路”。

解放军开进上海后，国民党布下的反动残余，采取“腐蚀拉拢加破坏暗杀”策略进行抵抗，并四处扬言：上海是个大染缸，你共产党解放军红着进来，要黑着出去。

八连那些在穷苦中长大、从枪林弹雨中走来的战士们，都是十分淳朴的年轻人。

初进南京路时，战士们连自来水都不会用，守着抽水马桶还到处找厕所；按一下电灯开关，会被灯泡突然发出的光吓一大跳。

但是，时间一长，情况便悄悄发生了变化：有的战士看到路边行人穿着那么时髦，男女挽手臂进出舞厅、影院，就有点羡慕了；当一些装扮妖艳、浑身喷着香气的女子向他们抛媚眼、丢手绢时，有的战士也禁不住朝她们多看几眼。

连队也开始出现一些反常的现象：有人一次花几块钱到国际饭店去开“洋荤”；有的不惜钱到高级理发厅理发；有人不抽老烟叶子了，去买一块多钱一包的雪茄。

对于出现的这些情况，连队的首任指导员张成志，头脑十分清醒。在一次党支部会上，张成志指出：“南京路是一个没有硝烟的战场，我们要让全连保持高度的警觉性，绝不能打败仗。”

随即，张成志组织全连战士一遍又一遍地学习领会毛泽东在中国共产党七届二中全会上的报告。

之后，官兵们的思想回到了正常的轨道。他们自制针线包，衣服破了，缝缝补补再穿；用破布麻绳打草鞋，穿在脚上，行走在南京路上；扛着铁锹、推着粪车，步行到10公里远的郊区开荒种菜；开展节约一粒米、一滴水、一度电、一块布等竞赛活动。

官兵们豪迈地叫出了这样的口号：

革命战士穿草鞋，香风臭气脚下踩！

一分钱的故事，草鞋、针线包，数不清的平凡故事，后来被一个有心人一一记在笔记本上，最后升华成了影响几代人的大文章。这个人就是吕兴臣。

吕兴臣当时在团机关任俱乐部主任，同时还兼任报社通讯员。他时常挎着照相机，深入几个连队里采访。

吕兴臣把驻守在南京路上的几个连队比来比去，他总觉得八连的训练成绩比较突出，完成任务也比较出色。

一天，吕兴臣对第二任八连指导员刘仁福说："你能给我介绍几个动人的故事吗？"

刘仁福摇了摇头，说道："没有什么事，你不用报道。"

一听这话，吕兴臣有点不乐意了，他把照相机往桌上一放。这时，忽然从包里掉落了一分钱。

刘仁福看到那一分钱，平静地说："我们八连就有那一分钱的故事。"

随后，刘仁福就讲了一分钱的故事……

1957 年，吕兴臣前后花了一个来月的时间，写出了一篇通讯，送到了解放日报社。

该报总编魏克明在看到稿子后，眼前突然一亮：敌人不是曾预言上海是个黑色大染缸，现在 10 年下来了，八连红旗不倒，宣传出去一定会产生很好的政治影响。随即，《解放日报》以《身居闹市一尘不染 人们称赞他们“南京路上好八连”》为题，率先报道了好八连的事迹。文章在《解放日报》刊出后，引起社会上的极大反响。

1958 年 3 月 23 日，《解放军报》以同样的标题刊出吕兴臣的报道。此后，吕兴臣又在《解放日报》发表了《针线包》、《行军锅》和《一分钱》等一系列讲述好八连官兵优良作风的小故事。

1959 年 2 月，《解放日报》总编魏克明建议把好八连的事迹写成一篇大通讯，用“艰苦奋斗”这根主线统领全文。

吕兴臣写出 1.7 万字的初稿，几经修改后，《解放日报》在 1959 年 7 月 23 日的头版头条，以 8500 字的篇幅，发表了题为《南京路上好八连》的长篇通讯，同时还刊发了社论。

在新闻媒体大力宣传八连事迹时，上海警备区首长也开始高度重视对八连这一典型的培养和宣传工作。

第三野战军赫赫有名的虎将王必成，时任南京军区副司令员兼上海警备区司令员。

王必成在警备区党委会上指出：“学习八连精神意义重大，要争取让八连的精神在全军、全国发扬起来。”

王必成还数次到八连看望、勉励官兵，并经常向有关部门询问对八连培养和宣传工作的进展情况。

1963 年初，南京军区党委把八连作为重大典型，上报到解放军总政治部。总政治部主任萧华，在看了八连的材料后，又对八连的具体情况作了进一步的了解。

随后，总政治部决定把八连作为保持艰苦奋斗革命本色的一面红旗树立起来。

一个多月后，《解放军报》用 4 个整版的篇幅宣传了八连的事迹，并同时发表了《务必保持艰苦奋斗作风》的社论。随后，《解放军报》又陆续对八连作深入宣传。

1963 年 4 月 12 日，周恩来接见了八连指导员刘仁福。周恩来勉励刘仁福说：

> 八连的工作做得很好。希望八连的同志好好听毛主席的话，学毛主席著作，照毛主席建军路线建设连队，继承和发扬我党艰苦奋斗的光荣传统。

1963 年 4 月 25 日，国防部授予八连“南京路上好八连”荣誉称号。从此，好八连成了全国人民学习的典范。

风雨征程，几十年过去了，好八连这面鲜艳的旗帜如同东方明珠、世纪大道一样，被上海人民视为这座城市的骄傲。

虹桥路派出所民警王兴东说："我是听着好八连的故事长大的，我和妻子都希望长在'蜜罐'里的女儿从小也知道好八连的故事。"

2007 年 4 月 5 日，对王兴东一家来说，是个"圆梦"的日子。王兴东与妻子一直盼望能带着刚懂事的女儿到八连看看，让她亲身感受一下八连的战士怎样出操，怎样吃饭，怎样学习和训练。

当小妍婷迈进一尘不染的好八连时，她感觉一切都是那样地新奇。妍婷趴在爸爸妈妈的耳边说："我喜欢好八连的叔叔们。"

如果说 7 岁的妍婷还只是喜欢八连的话，那么，厦门路小学"小八连中队"的队员们，却早就照着八连叔叔们的样子，开始了实际行动。

"小八连中队"定期到南京路回收废电池，还向全校同学发出倡议：

> 节约能源，护绿色，争做环保小卫士；学做家务，爱劳动，争做家长小帮手；省下零钱，献爱心，争做社会小使者；努力求知，练本领，争做学习小先锋。

在上海各界，学习好八连的热潮从未间断。翻开市民公约，里面有"学习好八连"的条文；反映好八连事迹的课文，被收入小学生德育教材……

作为全国爱国主义教育基地，好八连事迹展览馆每年都会迎来数以万计的参观者。

每逢节假日，来八连过“军营一日”的人更是络绎不绝。

即将步入社会的大学生刘锐特地从哈尔滨赶到了上海，专程看望被他称为“天下第一连”的八连。

刘锐在留言簿上这样写道：

> 八连是上海的八连，八连是全国的八连，八连是一株不老的常青树。

好八连精神属于我们整个民族，属于我们这个时代。好八连的勤俭节约、助人为乐、艰苦奋斗的作风，将在中华的大地上，照亮亿万人民的精神世界，激励人们为构建和谐社会作出自己积极的贡献。

为沙家浜革命精神树丰碑

2007 年 4 月的一天，位于太湖西南岸雉城镇的古城中学党总支组织全体在职党员教师，赴江苏常熟沙家浜革命历史博物馆，重温历史，感受沙家浜的革命精神。

沙家浜革命历史博物馆，是全国爱国主义教育示范基地。青青芦苇荡，抗日旧战场，沙家浜过去的一切，现在成为爱国主义和革命传统教育的生动教材。

人们耳熟能详的传奇故事《沙家浜》，就诞生在江苏常熟烟波浩渺的阳澄湖上。

在沙家浜革命历史纪念馆里，怀旧的人们可以追寻到阿庆嫂、郭建光、沙奶奶……的足迹。

在高大茂密的芦苇荡中，无论从陆路还是水路，你均能领略到昔日新四军战士与日寇周旋于此时写下的壮丽诗篇。

古城中学的党员教师们，在参观的过程中，他们或驻足凝望，或洗耳恭听；或仔细研读，或动手模仿；或互相交谈，或若有所思……

通过生动和丰富的体验，让人置身于抗日江南水乡的场景，感悟军民的鱼水情深和新四军伤病员泰山压顶不弯腰的革命精神。

可以说，在这芦苇荡的绿色帐幔里，新四军战士和沙家浜人民共同谱写的一首首壮丽的战斗诗篇，以及沙家浜革命精神，让现场的每一位党员都深有感触。

沙家浜革命历史博物馆位于沙家浜镇。它始建时为“横泾地区抗日斗争展览陈列室”，1991 年正式命名为“沙家浜革命传统教育馆”。

全馆建筑面积 1300 平方米。展厅陈列共分五大部分，有 600 多幅照片、48 件革命文物及 23 幅首长题词。沙家浜革命传统教育馆是生动的开展德育的基地。

1969 年，正是芦花放、稻谷香的季节，刚刚从上海警备区动员处副处长岗位上退下来的费介成，来到了在抗日战争时期他曾经战斗过的横泾公社。

费介成是当年在此养伤的新四军伤病员之一，他是沪剧《芦荡火种》和京剧《沙家浜》剧情的见证人。

费介成来此的目的，是想在这块他和战友们曾经洒过鲜血的地方，建立一块丰碑，记载那段血与火的战斗岁月，纪念在此英勇战斗、流血牺牲的人民子弟兵。

费介成凭着惊人的记忆，不顾年迈体弱，在阳澄湖畔，踏遍一块块旧战场，寻访一个个知情人。

在北泗泾，费介成见到了当年的抗日积极分子苏贻民老妈妈。在抗日战争最艰苦的岁月里，正是这位老妈妈，像对自己的亲人一样，无微不至地照顾子弟兵。

苏贻民老妈妈的家，成了新四军战士的家，不知有多少好同志在她的掩护下，从敌人的魔爪下安全转移。为了抗日，她家的房子被日本鬼子烧毁，她本人也被敌人抓去，受到严刑拷打。这些情况，如果费介成不说，当地的人谁也不会知道。

在龚家浜，费介成见到了于银生老人。于银生回忆说：

> 当时的新四军印报所经常活动在龚家浜一带。有一次，印报所要转移，有20箱铅字委托我保管。
>
> 为了确保安全，我就一个人摸黑将铅字用船运到荒野里的一块坟地上，堆砌成一口棺材，再盖上砖瓦，伪装成这一带农村常见的瓦庐棺材。就这样，日本鬼子几次下乡搜查，都扑了空。

在双浜村，费介成指着村南那座木桥，对村里的领导说：

> 抗战时期，这座桥好像还应向南移10米左右，桥东面这幢房子曾经是新“江抗”的司令部，桥西面有一家茶馆，老板姓沈。

说到这里，费介成问周围的人：“是不是这样的?”当时的村负责人说：“您说的完全正确!”

在罗家草荡、黄桥村，费介成找到了当年后方医院的小房东孙大生。

费介成在阳沟战斗中右腿负伤，曾在孙大生家里养过伤，就是用孙大生家的扁担当夹板，治好了他的腿。

费介成还去了阳沟、张家浜、肖泾、陆巷等村，丰富了他原来拥有的资料，为建立沙家浜革命传统陈列室奠定了基础。

此后，不时有上级领导相继视察。公社在 1969 年的 11 月 25 日召开了“建设今日沙家浜”誓师大会，这次会议在当时产生过比较深远的影响。

1972 年 4 月，刚上任的公社党委书记奚君，十分重视陈列室的建设。在他的过问下，确定了一些参观点，主要是湖浜、龚浜、芦荡、曹浜 4 个大队，有印报所、修枪所、后方医院、弹壁洞、歼敌弄、擒敌处、庆功场等。

奚君为这些参观点定名和撰写解说词，还在歼敌弄、擒敌处、庆功场等处建碑，以示纪念。

几十年后的今天，沙家浜依然以它特有的革命内涵吸引了全国各地的人慕名前来参观。

沙家浜革命历史博物馆不容置疑地担负起了全国教育示范基地的重任。

三、 公布第三批

● 中宣部宣教局副局长李晓军说：“青海原子城纪念馆是一座富有特色的爱国主义教育基地……是对广大干部群众，特别是对青少年进行爱国主义教育的生动课堂。”

● 赵新瑞说：“教后人这些东西，不单单是为了传授一种技术，更是为了让他们不忘中国人不屈抗战的光辉岁月。”

● 王金军老师说：“今天，我们缅怀革命前辈，就是要爱岗敬业、为人师表、积极创新，努力成为大学生的知心朋友和人生导师。”

中宣部公布第三批爱国主义教育基地名单

2005年11月20日，中共中央宣传部公布了第三批66个全国爱国主义教育示范基地名单。

此次爱国主义教育示范基地有：

北京市：

平北抗日战争烈士纪念馆

天津市：

大沽炮台遗址

河北省：

1. 城南庄晋察冀军区司令部旧址　2. 晋冀鲁豫烈士陵园　3. 马本斋纪念馆　4. 潘家戴庄惨案纪念馆

山西省：

1. 麻田八路军总部纪念馆　2. 大同煤矿遇难矿工“万人坑”展览馆（抗日战争期间日军侵华罪行遗址）　3. 徐向前元帅故居　4. 晋绥边区革命纪念馆

内蒙古自治区：

内蒙古革命烈士陵园

辽宁省：

1. 抚顺战犯管理所旧址陈列馆 2. 平顶山惨案遗址纪念馆 3. 辽宁东北抗联史实陈列馆 4. 旅顺日俄监狱旧址博物馆

吉林省：

1. 白山抗日纪念地（杨靖宇将军殉国地、那尔轰会师遗址、城墙砬子会议旧址等） 2. 日伪统治时期辽源煤矿死难矿工文物馆

黑龙江省：

1. 齐齐哈尔西满革命烈士陵园 2. 侵华日军东宁要塞遗址

上海市：

江南造船博物馆

江苏省：

1. 泰兴黄桥革命历史纪念地（新四军黄桥战役革命历史纪念塔、新四军苏北指挥部旧址、新四军第三纵队司令部旧址、粟裕部分骨灰安放处等） 2. 赣榆抗日山烈士陵园 3. 常州“三杰”纪念地（常州“三杰”纪念馆、瞿秋白故居、张太雷故居、恽代英纪念广场） 4. 苏中七战七捷纪念馆 5. 顾炎武纪念馆

浙江省：

侵浙日军投降仪式旧址（千人坑遗址）

安徽省：

金寨革命烈士陵园

福建省：

1. 中国闽台缘博物馆　2. 福州马尾船政文化遗址群

江西省：

1. 于都革命烈士纪念馆及中央红军长征第一渡纪念碑园　2. 江西革命烈士纪念堂

山东省：

1. 铁道游击队纪念园　2. 地雷战纪念馆　3. 冀鲁豫边区革命纪念馆　4. 八路军一一五师司令部旧址暨山东省政府成立纪念地

河南省：

1. 杨靖宇将军纪念馆　2. 镇平彭雪枫纪念馆　3. 吉鸿昌将军纪念馆　4. 濮阳单拐革命旧址（中共中央平原分局革命旧址、中共中央北方局革命旧址、冀鲁豫军区纪念馆等）

湖北省：

1. 瞿家湾湘鄂西革命根据地旧址　2. 周老嘴湘鄂西革命根据地纪念馆　3. 红安七里坪革命纪念馆　4. 大悟宣化店中原军区旧址及新四军第五师旧址群　5. 宜城张自忠烈士纪念馆

湖南省：

1. 芷江受降旧址和纪念馆 2. 任弼时故居和纪念馆 3. 贺龙故居和纪念馆 4. 罗荣桓故居和纪念馆 5. 《三大纪律，六项注意》颁布旧址

广东省：

1. 海丰红宫红场旧址纪念馆 2. 黄花岗七十二烈士墓园 3. 黄埔军校旧址纪念馆

广西壮族自治区：

1. 右江工农民主政府旧址 2. 广西烈士陵园

海南省：

张云逸纪念馆

四川省：

1. 川陕革命根据地博物馆暨川陕苏区将帅碑林 2. 红军长征纪念碑碑园

重庆市：

重庆中国三峡博物馆

云南省：

1. 彝良罗炳辉陈列馆 2. 滇西抗战纪念馆（腾冲国殇墓园） 3. 云南陆军讲武堂旧址

贵州省：

1. 黎平会议会址 2. 娄山关红军战斗

遗址

宁夏回族自治区：

固原六盘山长征纪念馆

青海省：

原子城纪念馆（中国第一个核武器研制基地）

新疆维吾尔自治区：

新疆生产建设兵团军垦博物馆

第三批教育示范基地名单的公布，旨在进一步推动各级各类爱国主义教育基地的工作，使其在展出内容与展示手段、服务质量和教育效果、内部管理和环境面貌等方面有较大进步。

青海原子城纪念馆开馆

2009 年 5 月 26 日上午，在青海省海北藏族自治州西海镇，隆重举行青海原子城国家级爱国主义教育示范基地纪念馆开馆仪式。昔日原子城，终于揭开了它那神秘的面纱。

青海省委常委、宣传部部长曲青山，主持了开馆仪式。

中宣部宣教局副局长李晓军说：

> 青海原子城纪念馆是一座富有特色的爱国主义教育基地，它以其深刻凝重的内容和生动鲜活的形式，展现了那段不凡的历史，传承着伟大的“两弹一星”精神，是对广大干部群众，特别是对青少年进行爱国主义教育的生动课堂。

中国工程物理研究院、中国人民解放军八一电影制片厂、清华大学、国家红色旅游工作协调小组的负责同志，中核集团公司办公厅、党群工作部、新闻宣传中心以及二二一局的领导，部分原二二一厂的老干部、老职工，出席了原子城开馆仪式。

那还是在 1958 年 11 月，代号为“221”的中国核武器工程正式启动。随后，一大批建设者、科研工作者和解放军战士等，怀着对党和国家的无比忠诚，从祖国的四面八方汇集到这里。

建设者们从3顶帐篷起家，用自己的智慧、青春和热血，先后研制成功了我国第一颗原子弹和氢弹，为维护我国和世界和平，作出了历史性的贡献。

该基地是我国第一个核武器研制基地，1995年基地退役后整体交给青海省，成为世界上唯一一个主动退役核武器研制基地。退役后，该基地被誉为“原子城”。

2001年，青海原子城被国务院列为全国重点文物保护单位。2005年11月，青海原子城又被确定为全国爱国主义教育示范基地。

青海原子城总投资7248万元，占地12.2公顷，于2007年4月3日正式开工建设。

2009年5月20日，青海原子城竣工，经验收后，交付使用。

原子城主要建设内容包括纪念馆和纪念园，项目分为纪念馆和纪念园区。

纪念馆占地1公顷，建筑面积9615平方米，框架结构高为16米，内设“历史抉择”“艰苦创业”“勇攀高峰”“东方巨响”“铸剑为犁”等展厅。

纪念园按照园区场地南低北高高差较大的地形特点，构成了一条贯穿南北的景观参观线路，分别由纪念广场、纪念馆、“596”之路、和平纪念园、原子城铸就者纪念馆、纪念碑等景观组成。

在历时几年的原子城纪念馆实物征集中，大到导弹、机械，小到一枚褪了色的老军功章、一份旧得发黄的规章制度、一件已经看不出是蓝色还是灰色的军大衣……成千上万的人们，都在为纪念馆的开馆献出自己的一份力量。

在纪念馆所看到的每一件实物和图片，其征集过程都有着一段感人的故事。

在纪念馆的序厅，陈列着一个长21.3米，直径1.65米，重量近30吨的庞然大物，它就是纪念馆的“镇馆之宝”，即“东风-2甲”导弹。

这枚导弹是20世纪60年代初期由我国自行研制的一种近中程导弹。

1966年，该导弹承担了我国首次两弹结合核武器飞行试验任务，它与原子弹共同承担起了打破核讹诈、核威胁的历史使命。

这样一个庞然大物，从征集、运输到装卸的各个环节，均得到了中国人民解放军第二炮兵部队装备部司令部、特管部和解放军某工厂的大力支持。

他们抽调专业的运输队、专门的运输机械、专业的装卸人员，无偿地从河北省驻地运到青海原子城。一路上，各方面密切合作，历时半个月，才将这枚导弹摆放到了纪念馆。

同样，在导弹两侧摆放着的我国第一颗机载原子弹和第一颗机载氢弹的模型，是开馆前夕，才从四川绵阳运来的。

在2008年，四川发生“5·12”大地震后，某工程物理研究院厂房遭到了很大的损坏，使生产受到了严重的影响。

可是，当工程物理研究院的领导听到原子城纪念馆需要一枚我国第一颗机载原子弹和一枚我国第一颗机载氢弹的模型时，院党委、政治部在恢复生产任务非常重的情况下，仍然抽出两台机床，派出技术能手，无偿地为纪念馆加工制作两个模型，并负责把模型送到了纪念馆。

为了保证两弹的模型按时在纪念馆开馆之际顺利展现在人们的面前，研究院党委甚至还做出了这样的预案：

> 如果不能按时完成模型生产，有两套方案，一是拆除本院科技馆的顶棚，把陈列于内的两弹模型调出来，送给青海纪念馆；二是实在不行就与北京联系，先把陈列于军事博物馆的两枚同样的模型借过来。

两弹模型最终不仅按期生产出来了，而且顺利地陈列在了原子城纪念馆。

在纪念馆的第三展厅，陈列着一台俗称“手套箱”的核部件防护操作箱，这是从驻河北的中国人民解放军某工厂里找出来的。

几年来，为原子城纪念馆搜集图片和实物，成了中国人民解放军某工厂的一项长期坚持的工作。

他们成立了专门的征集班子，开座谈会，宣传动员，广大职工积极响应。两年之内，征集到了 200 多件实物和图片。这些实物，大的有 12 吨，小的有奖章、奖状、饭盒、书籍、日记本、工作证、图片……

工厂还组织了一批工人，把搜集到的仪器设备清洗干净，然后编上号，书写上说明用途，然后打包，专程送到青海原子城来。同时，厂方还多次派出技术人员来到展馆，帮助安装、布展。

看着纪念馆陈列的那一张张凝固了那个特殊时代的一个个瞬间的图片，就不能不提起新华社和八一电影制片厂。

青海原子城纪念馆需要搜集图片的报告，在新华社负责人的办公桌上一刻也没有停留，很快就批转到了新华社内部图片库。

图片库的工作人员主动联系青海来的客人，把他们领到里面，帮他们检索、整理。

40 多张珍贵的资料图片就这样无偿地提供给了原子城纪念馆。

在八一电影制片厂仓库，工作人员拿出了电影资料片《东方巨响》的 12 卷素材胶片。他们用了 20 天的时间，为原子城纪念馆扫描出了数百张真实记录两弹从研制到爆炸成功全过程的图片。

2004年，是我国第一颗原子弹成功爆炸40周年。中国核工业总公司组织分散在全国各地的40多名原二二一厂离退休老职工，分两批到原子城进行参观。

几十年后，当年参与建设的功臣们故地重游，老人们都情不自禁地泪流满面。

在当时还十分简易的原子城纪念馆，老人们纷纷摘下了自己胸前的军功章，留给了纪念馆。

在灯光下，那一枚枚金黄色的军功章熠熠生辉。

几年来，纪念馆的建设和实物、图片的征集，牵动着每一个关心着原子城的人。

中国核工业总公司、中国工程物理研究院和解放军某工厂等单位，在几年中组织了一批院士、老专家组成顾问团，先后召开了5次专家论证会，并参与了展陈大纲的修改、补充、完善，以及设计效果的论证和校正把关工作；

北京市委宣传部，北京市昌平区委、区政府为纪念馆捐赠了300万元；

两弹元勋邓稼先的遗孀，把邓稼先的部分手稿影印件捐赠给了纪念馆；

在原二二一厂机要局工作过的新华社青海分社的谢占泰，还专程为展馆送来了当年机要局用过的皮箱。

此外，还有不少科学家的亲人，主动通过多种方式与纪念馆筹建办公室联系，捐赠了许多珍贵的资料和实物……

2009年5月20日晚，在为纪念馆的顺利开馆而整日地奔波忙碌，显得一脸疲惫的海北州委宣传部部长左旭明和副部长李成君，在互道一声辛苦时，左旭明发自肺腑地说："其实，我们都是为了一个共同目标。这个'共同的目标'就是弘扬先辈留下的'热爱祖国、无私奉献、自力更生、艰苦奋斗、大力协作、勇攀高峰'的'两弹一星'精神！"

就在2009年5月21日上午，年近古稀的木工张玉兰老人，拿着自己和已过世老伴芦成奎当年用过的工作证、职工医疗证，以及她亲手绣出的4个荷包，捐赠给了原子城纪念馆办公室。

承载着爱国主义、集体主义和科学精神的原子城教育示范基地，从动议筹建到立项规划，从破土施工到布展竣工等各个阶段，党和国家领导人都给予了很大的关注，并作了重要指示。

原子城国家级爱国主义教育示范基地纪念馆的开馆，不仅为青海省的红色旅游增添了丰富的内涵，而且对加强爱国主义教育、弘扬"两弹一星"精神，具有非常重要的意义。

毛泽东为英雄撰写挽联

2005年9月，河北省献县举行了马本斋纪念馆落成典礼仪式。

民族英雄马本斋纪念馆，位于河北省献县本斋村北。纪念馆2001年开始动工兴建，2002年顺利竣工。

馆内现存著名抗日民族英雄马本斋以及回民支队有关的珍贵图片146张，实物101件。

献县马本斋纪念馆继入选河北省十大红色旅游经典景区后，又被国家发改委、旅游局、中宣部等部委，确定为全国百家红色旅游经典景区之一，是国家级爱国主义教育基地。

1944年3月17日，中共中央在延安为马本斋举行了隆重的追悼大会。

总参谋长叶剑英，高度赞扬了马本斋光辉的斗争经历和卓越的军事指挥才能。

毛泽东、周恩来、朱德都为马本斋赠送了挽联。

毛泽东撰写的挽联是：

马本斋同志不死。

周恩来所题挽词是：

民族英雄，吾党战士。

朱德书写的挽联是：

壮志难移，汉回各族模范；大节不死，母子两代英雄。

吴玉章在悼词中，称赞马本斋是优秀的共产党员、模范军人和民族英雄。后来，张鲁镇人民为马本斋修建了祠堂。

新中国成立后，马本斋的家乡东辛庄被命名为“本斋回族自治乡”。

为了纪念马本斋，发扬烈士精神，1985年，献县开始建由三间房构成的“马母祠”，后几经修建，形成了占地3000平方米，拥有房屋12间，其中大型展室3间，镌刻着毛泽东、朱德题词的汉白玉纪念碑一座的马本斋母子烈士陵园。

1999年，马本斋母子烈士陵园被河北省委、省政府命名为省级爱国主义教育基地。

马本斋既是回族同胞的光荣，也是祖国的骄傲，他的品德和业绩，将永远激励着后人。

迟浩田题写地雷战遗址碑文

2009 年 6 月 30 日，在党的生日来临之际，鲁东大学计算机科学与技术学院，组织开展了纪念建党 88 周年主题实践活动。

主题实践活动在爱国主义教育示范基地，也就是海阳市地雷战纪念馆举行。该纪念馆位于山东省海阳市境内。

鲁东大学的 50 多名青年团员，在校团委副书记兼班主任李青老师的带领下，参加了此次实践活动。

在地雷战纪念馆，大家在一件件珍贵的照片和文物前久久地驻足，凝视着每一件展品，共同追忆那个烽火硝烟的抗日战场。

一幅幅海阳人民同仇敌忾、共赴国难，为解放中国而不屈不挠斗争的感人照片与每幅照片背后的故事，使大家在缅怀革命英烈的同时，备受先烈“用鲜血和生命捍卫祖国的尊严”“牺牲我一个，幸福千万家”的崇高精神所感动。

在地雷战纪念馆，工作人员为同学们详细讲解了地雷战前后，胶东人民抗击侵略的历史，也为同学们讲述了馆内陈列展品背后的一个个英雄人物和一件件英雄事迹。

那是在抗日战争期间，海阳民兵在日寇重重封锁的艰苦条件下，在各村建立地雷加工厂，自己碾炸药，制造石雷，创造了夹子雷、连环雷等 10 多种地雷和子母雷、头发雷等 30 多种埋雷方法。

海阳民兵先后作战 2000 余次，毙伤俘敌 1800 多人，沉重地打击了日寇的嚣张气焰。

新中国建立后，民兵英雄的突出代表赵守福、于化虎、孙玉敏，被评为“全国民兵英雄”。

1962 年，八一电影制片厂以此为原型，实地拍摄了《地雷战》。从此，海阳地雷战的英雄事迹轰动全国。

海阳地雷战纪念馆内，存有翔实的地雷战革命文物及展览图片。赵疃村为地雷战主战场，现存有主战场遗址及纪念碑。

在海阳地雷战主战场，日寇曾经多次在此遭到地雷伏击。

1995 年 8 月，山东省委、省政府在海阳召开了纪念抗战胜利 50 周年大会，并在海阳赵疃村立碑，以示纪念。

原中央军委副主席、国防部长迟浩田上将，亲题碑文：

地雷战精神永存。

赵疃是胶东的一个普通村庄，因为地雷战，它成了一个世界军事史上的著名战场。

脍炙人口的影片《地雷战》中的赵虎，就是以赵疃庄的老民兵赵守福为原型的。

赵守福虽然已经不在了，但是，赵疃民兵巧布地雷阵打得鬼子魂飞胆丧的故事，却并未被历史尘封起来。

赵月萍和赵晓丹都是海阳市行村小学的学生，她们对《地雷战》这部老片子非常熟悉。

她们说，赵守福、于化虎等一批老民兵是抗日的英雄，他们展示了中国人的风骨。

校长于民安说，我们不会让这段历史悄悄地逝去，而要竭力地、完整地将这部独立的“纪录片档案”保留下来。

于民安和老师们还新编了一本讲述革命传统的教材，这本教材都是围绕着有关地雷战的故事编写而成的。

学校里缺钱，他们就用打印机打出来再装订，他们要让孩子们系统地接受一次革命传统教育。

在抗日战争胜利 50 周年的时候，村里搞了一次实战表演，老民兵赵新瑞带着儿子、孙子一起示范了埋雷。

赵新瑞说：“教后人这些东西，不单单是为了传授一种技术，更是为了让他们不忘中国人不屈抗战的光辉岁月。”

赵新瑞是一等爆炸模范。他走路时需要拄拐，但他还是坚持领着来访者村前村后地走了一遍，去看山枣埠、月牙桥、村南丁字街、村北十字街等一些现存地雷战遗迹的地方。

在赵新瑞的指引下，来访者看到了原貌尚存的墙壁上留有的当年地雷的炸痕。

一位叫赵全亭的村民说，他出生那年，正是抗日战争胜利的时候，他很仰慕赵守福、于化虎、孙玉敏这些出自胶东的全国民兵英雄。

赵全亭也常会领着年轻人去那些地雷战遗址转转，让自己和大家都铭记那段历史。

海阳市为此专门建立了“地雷战纪念馆”。在这个纪念馆刚开馆不久，就有人前来参观了。

原海阳市博物馆馆长王志文说：“用一种独特的作战方式，让日本侵略者领略到了中国人的厉害，这就是地雷战创造的世界反法西斯战争中令人叹服的奇迹。”

地雷战纪念馆作为全国爱国主义教育示范基地，让更多的人了解了那段峥嵘岁月，激发起人们的爱国热情和民族自豪感。

参观苏中七战七捷纪念馆

2007 年 4 月的一天，南通大学的师生代表们，怀着无比崇敬的心情，来到了苏中七战七捷纪念馆，深切缅怀为党和国家的和平和解放事业作出牺牲的革命英烈，并向英烈们敬献了花篮。

苏中七战七捷纪念馆，是全国爱国主义教育示范基地、全国百家红色旅游经典景区、国家“AAA”级旅游景区、南京军区青年官兵传统教育基地。

作为革命老区，海安见证了那个群情激昂、战火纷飞的年代，见证了先烈们前仆后继、浴血奋战的英勇壮举。

在 1946 年，苏中七战七捷是一场具有划时代意义的著名战役，它是解放战争的起点。

华中野战军在粟裕、谭震林的指挥下，以 3 万的兵力，迎击美械装备的国民党军 12 万之众。

连续作战七次，仗仗奏捷，胜利歼敌 5.3 万余人，书写了中国战争史上以少胜多的典型战役，加速了解放战争的胜利进程，彰显了苏中军民的伟大力量，表现了粟裕非凡的军事指挥才能。

延安总部发言人对此曾高度评价，称其为七战七捷。

为纪念苏中战役的伟大胜利，1986 年，南京军区、中共江苏省委、江苏省人民政府，在苏中战役指挥中心海安，兴建了纪念馆。

纪念馆景区占地约2.1万平方米，建有纪念碑、陈列馆、国防园、广场等。

纪念馆通过现代手法艺术再现了苏中战役经过、历史地位和重要意义，并珍藏数百件革命文物史料，是研究苏中战役和粟裕的重要阵地。

景区内景点众多，有闻名中外的“天下第一刺刀”、“中华第一捷”碑廊，以及“蛟龙争雄”“霞映红樱”“烟笼水乡”“雄鹰展翅”等；有日本樱花园、长寿园、桂花园、紫玉兰园、将军林和珍贵的花卉……

纪念馆自开馆以来，已接待国内外游客和参观者几百万人次，迟浩田、姬鹏飞、陈丕显、彭冲、洪学智、叶飞、张震等领导人，也曾先后莅临纪念馆视察。

战争的年代，造就了烈士的坚强与勇敢。和平美好的环境，为人们提供了学知识、长才能、成栋梁的好机会。

站在革命英烈们战斗过、流血过的地方，目睹这把闪亮的“刺刀”，南通大学师生们的心情久久不能平静。

文学院胡丹同学感慨地说：

我们要珍惜先烈用生命换来的和平和安宁，更加清醒地意识到我们的责任和使命，不论在学习中还是生活中，都要不畏挫折、勇于挑战，遭遇强手而毫无怯懦。

我们更需要四两拨千斤的智勇，讲求创新，注重实效，在纷繁复杂的国际环境下，使个人成长和祖国需要相结合，努力学习，不断提高自己的素质。

继续教育学院王金军老师说：

今天，我们缅怀革命前辈，就是要爱岗敬业、为人师表、积极创新，努力成为大学生的知心朋友和人生导师。

我们更应“在岗、在行、在状态”，以饱满的热情，求真务实的作风，迎难而上，积极投身到“评创优”工作中去，为步入快速发展轨道的南通大学添上绚丽的一笔。

早在2005年的一天，二十三军150多名老同志，在江苏省海安县委书记张爱军的陪同下，饶有兴趣地参观了苏中七战七捷纪念馆。

原二十三军军长黄浩禁不住动情地说：“阔别59年的战场，今天回来啦……”

二十三军的前身是华东野战军第四纵队，是参加苏中战役的一支劲旅，也是一支具有光荣革命传统的英雄部队。

这支部队曾经历了土地革命战争、抗日战争、解放战争和抗美援朝战争的血与火的洗礼和考验。

在展厅里，87 岁高龄的秦镜老同志说：

> 如黄路战斗最为激烈，我军在粟裕和谭震林的指挥下，在那硝烟弥漫的战场上，发扬了前赴后继、英勇杀敌的英雄气概。
>
> 在苏中老区人民的大力支持下，夺取了苏中战役的全面胜利，为党中央制定解放战争的战略方针和作战指导原则，起到了战略侦察和试战的重要作用。

陈列馆里的珍贵文物史料，战争时期的历史照片，名人书画作品，常常引得老革命者驻足。

在粟裕大将的铜像前，老同志们不约而同地唱起了当年“粟司令从前线胜利归来”的歌曲，一时间好像又回到了解放战争初期。

参观结束时，周锋老同志感慨地说：

> 海安的经济发展特快，海安的环境变化巨大，海安人民的精神面貌最佳，希望老区人民在苏中战役的精神鼓舞下幸福安康。

苏中七战七捷纪念馆，也是孩子们最期待参观的地方。

走进纪念馆，同学们看到了在战争年代战士们穿过的沾有血迹的衣服，读过的书籍，用过的生了锈的冲锋枪、手榴弹……尤其是那血淋淋的衣服，更让人心惊胆战。

还有那一堵精制的浮雕墙，墙上面的人物形象栩栩如生：有的拿着冲锋枪，趴在地上匍匐前进；有的手握大刀，正奋勇杀敌，地上横尸遍野，惨不忍睹。

看到这一幕幕，同学们仿佛来到了硝烟弥漫的战场，听到了一阵阵喊杀声、枪炮声……一声声振奋人心的冲锋号，鼓舞着战士们勇往直前！

参观结束后，同学们心里很不平静，精神上得到了很大的洗礼。他们依依不舍地离开了纪念馆。

多少年来，革命烈士的丰功伟绩一直被人们传颂着。不管时代如何变迁，先烈们舍生忘死、前赴后继、为他人谋幸福的崇高品德，都会让世世代代永远铭记。

四、公布第四批

●杨志坚说："作为爱国主义教育基地，我们的责任就是通过展览和解说，使人们继承和发扬艰苦奋斗、不怕牺牲、勇往直前和百折不挠等长征精神。"

●赵鸿校长说："我们来这里参观，旨在通过这些珍贵的实物和资料，让孩子们了解长征的历史，让长征精神代代相传。"

●杨子荣说："凭我老杨这条枪、这身力气，一定要在党的领导下，和阶级兄弟一起打出一个共产主义来，把阶级剥削、阶级压迫的根子挖净，使它永不发芽！"

中宣部公布第四批爱国主义教育基地名单

2009年5月21日，在中华人民共和国成立60周年之际，中宣部公布了第四批全国爱国主义教育示范基地。

这些全国爱国主义教育示范基地是：

北京市：

1．香山双清别墅　2．首都博物馆　3．八宝山革命公墓

天津市：

1．天津博物馆　2．天津市烈士陵园

河北省：

1．山海关长城博物馆　2．冀南烈士陵园　3．热河烈士陵园

山西省：

1．娄烦高君宇故居　2．石楼红军东征纪念馆　3．平顺西沟展览馆

内蒙古自治区：

1．呼和浩特市武川县德胜沟大青山抗日游击根据地旧址　2．兴安盟内蒙古自治政府纪念地（内蒙古民族解放纪念馆、“五一”会址、乌

兰夫办公旧址、内蒙古党委办公旧址、内蒙古自治政府办公旧址） 3. 呼伦贝尔市世界反法西斯战争海拉尔纪念园

辽宁省：

1. 赵尚志纪念馆 2. 铁西老工业基地展览馆 3. 阜新万人坑死难矿工纪念馆

吉林省：

1. 吉林市革命烈士陵园 2. 伪满皇宫博物院暨东北沦陷史陈列馆 3. 白城市烈士陵园

黑龙江省：

1. 侵华日军虎头要塞遗址 2. 杨子荣烈士陵园 3. 珍宝岛革命烈士陵园 4. 大庆油田历史陈列馆

上海市：

1. 中共“二大”会址纪念馆 2. 团中央机关旧址纪念馆

江苏省：

1. 中国人民解放军海军诞生地纪念馆 2. 新四军江南指挥部纪念馆 3. 南京云锦博物馆

浙江省：

1. 浙江省博物馆 2. 新四军苏浙军区纪念馆 3. 温州浙南平阳革命根据地旧址群

安徽省：

1. 渡江战役总前委旧址纪念馆　2. 合肥蜀山烈士陵园　3. 皖西烈士陵园

福建省：

1. 冰心文学馆　2. 建宁县红一方面军领导机关旧址暨反“围剿”纪念馆　3. 闽西革命历史纪念馆

江西省：

1. 东固革命根据地旧址群（含东固革命根据地博物馆）　2. 中国工农红军北上抗日先遣队纪念馆（碑）　3. 闽浙皖赣革命根据地旧址群

山东省：

1. 天福山革命遗址　2. 孟良崮战役烈士陵园　3. 鲁西南战役革命纪念地（郓城鲁西南战役指挥部旧址、金乡鲁西南战役纪念馆）4. 新四军军部旧址暨华东军区、华东野战军诞生地纪念馆

河南省：

1. 商丘淮海战役陈官庄烈士陵园　2. 驻马店确山竹沟革命纪念馆（竹沟烈士陵园）

湖北省：

1. 湘鄂边苏区鹤峰革命烈士陵园　2. 北伐汀泗桥战役遗址纪念馆　3. 龙港革命历史纪念馆和龙港革命旧址　4. 陆羽纪念馆

湖南省：

1. 屈子祠 2. 雷锋纪念馆 3. 南岳忠烈祠 4. 湘乡东山学校旧址

广东省：

1. 中共“三大”会址纪念馆 2. 叶挺独立团团部旧址纪念馆

海南省：

万宁市六连岭烈士陵园

重庆市：

1. 杨闇公旧居和陵园 2. 万州革命烈士陵园

四川省：

1. “5·12”汶川地震遗址、遗迹及地震博物馆（“万众一心 众志成城”——抗震救灾主题展览馆、北川县城地震遗址博物馆、汶川地震震中纪念地、汉旺东汽工业遗址纪念地、都江堰虹口深溪沟地震遗迹纪念地） 2. 川陕革命根据地红军烈士陵园 3. 李白纪念馆 4. 彝海结盟纪念地

贵州省：

1. 猴场会议会址 2. 周逸群故居 3. 四渡赤水纪念馆

云南省：

1. 昆明市聂耳纪念馆 2. 红军长征过丽江纪念馆 3. 西双版纳花卉园周恩来视察热作

所纪念碑

西藏自治区：

1. 拉萨烈士陵园　2. 西藏博物馆

陕西省：

1. 榆林杨家沟革命纪念馆　2. 渭南渭华起义纪念馆　3. 铜川陕甘边照金革命根据地纪念馆

甘肃省：

1. 腊子口战役纪念馆　2. 中共中央政治局榜罗会议纪念馆　3. 中共中央西北局岷州会议纪念馆　4. 两当兵变纪念馆　5. 甘肃省博物馆

青海省：

1. 青海乐都柳湾彩陶博物馆　2. 青海藏医药文化博物馆

宁夏回族自治区：

1. 盐池县革命烈士纪念园　2. 陕甘宁省豫海县回民自治政府成立大会旧址

新疆维吾尔自治区：

1. 八路军驻新疆办事处纪念馆　2. 伊犁林则徐纪念馆

国家体育总局：

国家体育总局训练局荣誉馆

第四批爱国主义教育示范基地的公布，旨在进一步推动爱国主义教育基地建设，更好地发挥爱国主义教育基地作用，更加深入地开展群众性爱国主义教育活动，激发爱国热情、凝聚人民力量、培育民族精神。

这批示范基地共87个，覆盖全国30个省、自治区和直辖市，主要有三个特点：

一是反映红军长征内容、抗战内容和解放战争内容的入选示范基地占主体，共41个，如猴场会议会址、红军长征过丽江纪念馆、腊子口战役纪念馆、大青山抗日游击根据地旧址、鲁西南战役革命纪念地等。这些示范基地具有很好的代表性，加上前三批公布的反映这方面内容的示范基地，基本上覆盖了从中国共产党成立到解放战争胜利各个历史时期的重大事件、重要人物和重要革命纪念地。

二是反映历史文化内容的示范基地比重有所增加，共13个，如山海关长城博物馆、南京云锦博物馆、屈子祠、李白纪念馆、冰心文学馆等。

三是这批示范基地在建设、管理和使用方面做得较好，影响较大，如吉林市革命烈士陵园、首都博物馆、中共“二大”会址纪念馆、浙江省博物馆等示范基地，陈列水平都较高，参观人数也较多，很好地发挥了爱国主义教育基地的作用。

双清别墅见证中国历史

香山地处北京西郊，双清别墅就在香山的南边山坡上，院内苍松翠柏高大挺拔，一池泉水清澈如镜，环境幽静，景色十分宜人。

双清别墅，得名于院内一座石壁下淌出的两眼泉水。这两眼泉水，据说始凿成于金代金章宗时期，初名“梦感泉”。

然而，真正使这个地方闻名天下的，并不是因为这里秀丽的风光，而是因为这里曾是毛泽东住过的地方，曾是中共中央的指挥中心，曾发生过扭转中国命运、决定中国前途的大事。

那还是在1949年3月25日，毛泽东等中央领导到达北平。火车停在清华园站，他们随即改乘汽车前往颐和园。

当天下午，毛泽东到西苑机场检阅人民解放军。随后，毛泽东乘车来到香山，住进了双清别墅。

当时，毛泽东住进香山，而没有住进中南海，主要原因是这里隐蔽安全。因为当时北平才刚刚解放，城里还有残余敌特。青岛还没解放，敌机随时有空袭的可能。

靠近山脚的地方有两个防空洞，这是在毛泽东等中央首长到来之前，由第四野战军工兵部队挖的，以备紧急之需。

在双清别墅工作生活的几个月中，毛泽东指挥了渡江战役；会见了大量的民主人士，共商新中国建国大计；酝酿开国大典中的各项大事。

毛泽东住在双清别墅那排坐北朝南的房子里，中间是一间宽敞明亮的堂屋，红漆木板地面，东面的墙角处放一张办公桌，四周靠墙摆放着长沙发和木制的圈椅。

这间屋子就是毛泽东办公的地方，兼作会议室和会客厅。

朱德、刘少奇、周恩来、任弼时等中央领导人，都住在双清别墅北面的来青轩。

毛泽东在这里撰写了《南京政府向何处去》等重要文章，签发了中国人民解放军向全国进军的命令。

1949 年 4 月 23 日南京解放，毛泽东欣然命笔，写下了《人民解放军占领南京》这一光辉的诗篇。

同时，毛泽东和周恩来等领导人，也曾在此多次召开中央重要会议，指挥解放战争和筹备新中国的成立。

因此，双清别墅是一座具有革命历史意义的建筑，双清别墅也成了广大青少年进行爱国主义和革命传统教育的校外课堂，是企事业单位、学校组织过主题党日、团日、队日活动的场所。

1994 年，双清别墅被命名为“北京市青少年教育基地”；2009 年 5 月，被中宣部确定为第四批全国爱国主义教育示范基地。

在2005年4月，北京大学药学院就组织党员参观了位于京郊香山的双清别墅，并庄严地宣读了入党誓词。

药学院党委副书记李玉莲带领大家，面对庄严的党旗，再一次郑重宣誓：

……对党忠诚，积极工作，为共产主义奋斗终身，随时准备为党和人民牺牲一切……

在鲜红的党旗下，100多名共产党员的齐声宣誓深深震撼着每个人的心灵，让每一个人更加明确作为一名共产党员应尽的责任和义务。

重温宣誓仪式之后，全体党员又分组到各展室进行了细致的参观。

双清别墅曾经与中国革命息息相关，展室的陈列见证了开国前夕那段除旧布新、风云际会的历史时刻。

一幕幕新中国建立前夕的历史，深深地吸引着大家。

老一辈革命家高瞻远瞩、胸怀天下的革命情怀，令在场者无不折服；他们领导全国人民推翻旧制度、建立新中国的丰功伟绩，令人无法忘怀；他们运筹帷幄、决胜千里的大智慧，更是让人无比钦佩。

在参观之际，大家不仅体验了当时毛泽东居住条件的简陋，还更加深刻地了解了新中国建立的历程，都不禁感慨万千。

参观之后，大家普遍认为，在繁重的教学、科研、工作、学习之余，能有机会亲身感受一下老一辈无产阶级革命家的英雄气息，重温入党誓词，对于今天的党员来说，无疑是十分必要和重要的。同时，对于培养和强化共产党员对党的坚定信念，具有十分积极的作用。

参观红军长征过丽江纪念馆

1997年4月，云南省玉龙纳西族自治县石鼓镇红军长征过丽江纪念馆，被省委、省政府命名为“云南省爱国主义教育基地”。

红军长征过丽江纪念馆，位于丽江城西52公里的石鼓镇。从青藏高原奔流而下的长江，在此突然掉头北转，形成一道V形大湾，这就是著名的长江第一湾。

镇内山河壮丽，风景优美，有石鼓碣、红军渡江纪念碑、柳林等景观，是玉龙县内著名的旅游风景区。

1936年4月25日，由贺龙、萧克、关向应、任弼时、王震等率领的红二、六军团，成功抢渡金沙江，摆脱国民党军队的围追堵截，实现了重大战略转移。

红军长征过丽江纪念馆馆长杨志坚说：“抢渡金沙江，在长征中意义非同寻常。”

为缅怀先烈、激励后人，当地政府于1977年修建了红军渡江纪念碑。这座纪念碑由台基、碑座、碑身、碑额等组成。

碑通高8.1米，碑身高7.1米，碑座呈方形，边长5.1米，分别寓意建军纪念日、党的生日和无产阶级政权。

碑为方形钢筋混凝土结构，四周嵌精磨大理石。正面镌刻着毛泽东手迹：

中国工农红军第二方面军长征渡口纪念碑

背面刻着：

英勇奋斗的红军万岁

基座正面摹刻毛泽东《长征》诗手迹。背面碑文327字，记述贺龙等率领的红军长征经过丽江，胜利抢渡金沙江的光辉历史。

基座置不锈钢栏杆，有望柱。碑座东西方各有八级石阶可达其上。凭栏远望，山河纵横，万里长江第一湾的壮丽景色尽收眼底。

1983年，石鼓红军长征渡口被列为云南省重点文物保护单位。

1984年10月，当年指挥渡江的红军将领萧克将军重游故地，为“红军长征过丽江纪念馆”亲笔题字。

1985年，政府修建了木瓜寨、木取独、格子、士可、巨甸5个分渡口标志碑。

1989年，修建文物陈列室。

1997年4月，红军长征过丽江纪念馆被列为省级爱国主义教育基地。

2007年，在中宣部支持下，纪念馆进行了改扩建。

纪念馆馆长杨志坚介绍说，改扩建工程投资近480万元，新建项目包括一个红军长征过丽江纪念馆、一个红军亭、一个红军长廊、一个红军渡江纪念碑、一组标志性纪念景观雕塑和一座标志门，同时编辑出版了图书、画册、光盘和举办展览等。

杨志坚说："改扩建后的红军长征过丽江纪念馆，占地面积2200多平方米，硬件设施更加完善，历史资料更加充分，展出效果更加明显。"

纪念馆展览以红军长征及红军过丽江为线索，以文字和图片展览为主，兼有部分红军过丽江时遗留的实物展品。

展厅外墙和红军长廊上，展出了丽江书法家和画家的长征诗词、对联和画作，成为人们学习长征精神的好去处。

杨志坚说，纪念场馆建成以来，许多共和国将军、红军老战士及其后辈，前来游历瞻仰。

丽江周边地区学校、机关单位也纷纷组织学生和干部职工前来参观。

每年冬季新兵入伍、"五四"青年节等时段，有关单位都组织新兵和团员到纪念馆瞻仰，并举行有关纪念活动。每逢"五一""七一""十一"等重要纪念日和节假日，丽江、大理和楚雄等地机关单位，也都组织人员前来接受革命传统教育。

近年来，随着群众纪念活动日趋频繁，纪念馆加强了园区的管理维护，配备了专职解说员，完善了解说资料，努力为爱国主义教育活动营造良好的环境和场所。

杨志坚表示：

> 作为爱国主义教育基地，我们的责任就是通过展览和解说，使人们继承和发扬艰苦奋斗、不怕牺牲、勇往直前和百折不挠等长征精神。

云南省丽江市玉龙纳西族自治县第四中学校长赵鸿，在组织学生参观红军长征过丽江纪念馆时说：

> 我们来这里参观，旨在通过这些珍贵的实物和资料，让孩子们了解长征的历史，让长征精神代代相传。

瞻仰杨子荣烈士陵园

在新中国成立60周年之际，黑龙江省海林市杨子荣烈士陵园，被中宣部确定为全国爱国主义教育示范基地。

杨子荣烈士陵园始建于1966年，占地面积9.7万平方米。

1994年到2001年，杨子荣烈士陵园先后被列为黑龙江省青少年教育基地、爱国主义教育示范基地和全国重点烈士纪念建筑物保护单位。

1981年4月，海林县建起了杨子荣纪念馆。

杨子荣的团参谋长曲波，根据杨子荣的事迹，创作了京剧《智取威虎山》，让杨子荣的英雄事迹家喻户晓，闻名遐迩，感动着千千万万的中华儿女。

2009年清明节前夕，许多群众来到了杨子荣陵园，祭奠这位“特级侦察英雄”。

进入陵园的正门，爬了几十级的台阶，来到了半山腰的下沉式广场。只见这里依山建有一座规模很大的杨子荣纪念馆。广场前已经聚集了很多学校的学生。

沿着石阶路继续往山上爬，到了山顶，便看到了“革命烈士纪念碑”。

在高大的纪念碑上，镌刻着42位革命烈士的英名，他们几乎都是20岁左右。在现代人眼里，他们还都是孩子！

但是，烈士们为了祖国，为了党，倾洒了自己的热血，换来了今天人民幸福的生活。

此时，纪念碑的四周已经摆放了很多花篮。后面的空地上呈田字形排列着四座烈士墓，右边第一个就是杨子荣墓。

在杨子荣纪念馆，主要展示的是1947年，东北牡丹江地区剿匪的情况，以及杨子荣等人的事迹。

一幅幅图画，一张张照片，向人们讲述了一个又一个可歌可泣、感人肺腑的英雄故事。

在馆内，可以看到杨子荣烈士的一段话：

> 凭我老杨这条枪、这身力气，一定要在党的领导下，和阶级兄弟一起打出一个共产主义来，把阶级剥削、阶级压迫的根子挖净，使它永不发芽！

烈士们胸怀民族自尊心、民族自豪感，充满了革命的理想。

“共产主义”的信仰，“为祖国的独立统一而战”的革命理想，在他们心中永远是第一位的。

“国家有难，匹夫有责”，一直都是英雄们的豪言壮语，他们为理想而死，死也光荣。

瞻仰陵园，令人不禁心潮激荡，涤净心灵的丝丝尘埃。

杨子荣虽然只走过短暂的 30 年人生历程，但是，杨子荣和他为了全国解放而浴血疆场的战友们，却永远没有走出后人的记忆，没有走出林海雪原。

无论时空怎样转换，雄奇苍茫的林海雪原，都会因为拥有了他们而熠熠生辉。

杨子荣陵园每年接待全国各地领导、各界群众达 20 多万人次，它对于缅怀先烈，激励后人，弘扬革命精神和爱国情感，发挥了十分重要的作用。

本书主要参考资料

《人民英雄纪念碑研究》殷双喜著 河北美术出版社

《圣地延安》延安革命纪念馆编 陕西人民出版社

《南京路上好八连》解放军南京军区政治部编 上海人民出版社

《马本斋的故事》马龙著 中国社会出版社

《苏中七战七捷》金冶主编 中共党史出版社

《杨子荣》谷办华等著 解放军文艺出版社

《乌鲁木齐市烈士陵园》刘江海著 新疆人民出版社

《周恩来邓颖超纪念馆建馆十周年纪念文集》唐金凤主编 天津人民出版社